文言文基本讀本（下冊）

孫文學校◎編著

序：我懂文言文　我光榮

文言文作爲一種書面的文體，它也許和口語有一定的距離，但這也顯示出了許多意義。首先，古代的書寫工具既昂貴又不方便，所以當語言必須著之竹帛時，就一定要精簡，精簡當然就得有取捨，必須準確達意，所以文言文一定是一種精緻的語言。毫無疑問地，精緻當然是文化進步的象徵。

其次，即使不從書寫的方便性來說，任何文化的發展，也都必然讓口語與書面語的差距越來越大。思想總是越來越複雜，書面語經過文字的轉換，會更有餘裕來傳達曲折複雜的思想，所以文言文作爲一種精緻的語言，更重要的是它充分記錄也反映了我們文化發展的軌跡。

再者，語言的形式同時也就是思維的形式，我們只有通過語言的學習，才能完整進入一個文化的整體思維結構之中，所以，文言文也可以說就是我們文化最重要的名片之一，沒有這張名片，我們是不足以把握我國傳統文化的精髓。因此，不管這個書面語已經離我們的口語有多遙遠，學習它也會是我們瞭解傳統文化的必備功課。

更重要的，中華文化能夠成爲全世界至今綿延最久的一個完整文化，文言文這個書面語扮演的角色之大，是我們無法想像的。我們知道，每個人的語言都有其風格，而以中國地域之廣、方言之多，要想將之凝聚爲一個文化共同體，會有多少困難，這是可以想像的！可是我們看古人，不管他講什麼方言，生在哪個時代，他們所留下的文章，卻完全沒有任何溝通上的隔閡與障礙，這不能不說是一個奇蹟。各位試想，英國的莎士比亞離我們並不遙遠，但是他的劇本今天很多熟悉現代英語的人已經讀不下來了，可是我們今天即使讀先秦時期的文言文，依然沒有什麼大困難，這點難道不是我們文化值得驕傲的地方嗎？

因此，我們應該可以理解，爲什麼學習文言文是一件無比重要的事了，這是一把走入傳統文化的鑰匙，一扇尚友古人的視窗，更何況，迄今爲止，文言文在很大的領域上，依然是我們這個民族的「活」的語言，我們口語中依然有著太多的成語、套句，都源自於大家耳熟能詳的古文之中。什麼「鞠躬盡瘁，死而後已」、「先天下之憂而憂，後天下之樂而樂」等等，誰能說這不仍然是我們鮮活語言的一部分呢？

基於如上這些原因，所以孫文學校要編輯這樣一部文言文讀本，這不只是爲了在這個「去中國化」的狂潮中，爲民族文化當個守門員而已，更是希望做文化的中流砥柱，給被一些短視政客糟蹋的下一代，一個能夠接軌文化傳統，與精緻我們語言水準的機會。本書所選的文章，大致都是上個世紀後半葉，臺灣還在推行中華文化復興運動時，初、高中國文課本中所選的文章，也是瞭解文言文必讀的六十篇。很不幸的，這其中大多數篇章，都已經是現在年輕世代不曾讀過的了。我們希望這樣一套讀本，既可讓我們這一輩人再度重溫一下年輕時曾經讀過、背過的文章，也可以讓年輕世代瞭解父母親們曾經經歷的語言訓練，並讓我們都能在這些篇章的引導下，重新走回讓我們安身立命的文化傳統。

當然，文言文並不是沒有缺點，作爲一種語言，它的功能的確是有侷限性，我們也並不想誇張文言文的作用。對照於這個時代，我們會發現文言文在表達邏輯的、知識性的內容時，它仍受到限制。傳統文言文很不擅長推理的進行，這個問題也的確限制了我們接受西方文化的能力。如何改造我們的語言，讓我們可以順利地吸取人家的長處，這當然是另一個課題，但是這並不影響我們對文言文的學習，只要我們能夠清楚認知這一點就好。

總之，《文言文基本讀本》上、下兩冊，是我們孫文學校對這個黃鐘毀棄，瓦釜雷鳴時代的一個反省與補救，我們以前常用「不絕如縷」這個成語來描述文化發展的處境，時代的巨輪總在不停前進，而傳統文化在這個前進的歷程中，也總是會碰到形形色色、不一而足的阻力，但我們相信，中華文化自有一種強韌的生命力，否則它不會歷經五千年，在種種磨難中還歷久彌新。所以我們願意當這樣一個點燈人，也願邀請各位來做下一棒的傳燈人，莊子說：「火傳也，不知其盡也！」這就是我們的使命與期待！

孫文學校總校長

張亞中　謹識

目錄（上冊）

目錄（下冊）

縱囚論

歐陽修

【原文】

信義行於君子，而刑戮施於小人。刑入於死者，乃罪大惡極，此又小人之尤甚者也。寧以義死①，不苟幸生②，而視死如歸，此又君子之尤難者也。

方③唐太宗之六年，錄④大辟囚⑤三百餘人，縱使還家，約其自歸以就死。是以君子之難能，期小人之尤者以必能也。其囚及期，而卒自歸，無後者。是君子之所難，而小人之所易也。此豈近於人情哉？

或曰：「罪大惡極，誠小人矣。及施恩德以臨⑥之，可使變而爲君子；蓋恩德入人⑦之深，而移人⑧之速，有如是者矣。」曰：「太宗之爲此，所以求此名也。然安知夫縱之去也，不意⑨其必來以冀免，所以縱之乎？又安知夫被縱而去也，不意其自歸而必獲免，所以復來乎？夫意其必來而縱之，是上賊⑩下之情也；意其必免而復來，是下賊上之心也。吾見上下交相賊，以成此名也，烏有所謂施恩德，與夫知信義者哉？不然，太宗施德於天下，於茲六年矣，不能使小人不爲極惡大罪；而一日之恩，能使視死如歸，而存信義。此又不通之論也！」

「然則，何爲而可？」曰：「縱而來歸，殺之無赦；而又縱之，而又來，則可知爲恩德之致爾。」然此必無之事也。若夫縱而來歸而赦之，可偶一爲之爾。若屢爲之，則殺人者皆不死，是可爲天下之常法乎？不可爲常者，其聖人之法乎？是以堯舜三王⑪之治，必本於人情；不立異以爲高，不逆情⑫以干譽⑬。

【註釋】

①**寧以義死**：寧願爲義而死。寧，寧可、寧願。義，合宜。

②**不苟幸生**：不苟且偷生。苟，苟且；幸，僥倖。

③**方**：當也。

④**錄**：登記。

⑤**大辟囚**：被判死刑的囚犯。辟，音同「僻」；大辟，死刑。

⑥**臨**：本意是居上位者俯視在下者，引申爲「加」的意思。

⑦**入人**：感化人，使去惡存善。

⑧**移人**：使人的性行改變。
⑨**意**：料想。
⑩**賊**：以不正當的方法，取得不當得的財物爲賊。此處指以不正當的居心，去揣摩對方的心意。
⑪**三王**：指三代的賢王，即夏禹、商湯和周文王、武王。
⑫**逆情**：違背常情。
⑬**干譽**：求取美名。干，求取也。

【作者】

歐陽修，字永叔，晚號六一居士。宋吉州廬陵（今江西吉安縣，一云永豐縣）人。生於眞宗景德四年，卒於神宗熙寧五年（西元一〇〇七—一〇七二），年六十六歲。

修四歲喪父，家境貧寒，母鄭氏親自授讀，家貧無紙張，常以荻畫地學書。仁宗天聖八年，舉進士甲科，時年二十四歲。慶曆初召知諫院，改右正言，知制誥。時杜衍、韓琦、范仲淹、富弼相繼罷去，修上疏極諫，貶知滁州（今安徽滁縣），在滁自號醉翁。徙知揚州、穎州（今安徽阜陽），還爲翰林學士，奉命重修唐書。嘉祐二年知貢舉，拔取蘇軾、曾鞏等，使當時文風一變。五年拜樞密副使，六年參知政事，與韓琦同心輔政。神宗初，出知亳州（今安徽亳縣），轉青州（今山東益都縣）、蔡州（今河南汝南縣），以太子少師致仕，歸隱於穎州。卒謚文忠。

修博極群書，早年讀《昌黎文集》，苦心探索，遂倡爲古文，以明道致用爲主旨，天下翕然師尊之。其父造語平易而情韻緜邈，陳師道稱其善敘事，不用故事陳言，而文益高。詩詞亦清新婉約。著有《文忠集》、《新五代史》、《毛詩本義》、《集古錄》，及與宋祁合纂《新唐書》。

【題解】

本文選自《歐陽文忠公文集》。

縱囚本非始於唐太宗，《後漢書》〈戴封傳〉已載封縱囚事。唐太宗師其故智，於貞觀六年，錄死囚三百九十人，縱使還家，約其自歸以就死。及期，皆自歸，無後至者。帝感其信守，皆赦之。世以爲仁德感化之功，頌美不絕。歐陽修獨不謂然，以爲太宗之縱囚，出於矯情干譽，死囚復來，知其必免：是上下相欺，不足爲常法也。文字斬截有力，實翻案文章之傑作。

全文分四段：首段點出視死如歸，爲君子所難能：罪大惡極，爲小人之尤甚，冒起下文。次段接言太宗縱囚，是以君子所難能，責諸小人之尤甚；死囚自來，是君子所難，轉爲小人所易：兩皆不近人情。三段直斥上下相賊，互盜美名，何德化之有？末段由縱囚不可爲常，歸到聖王之治作結。

【翻譯】

信義是施行在君子身上，而刑罰是用來處分小人的。刑罰處分判死的人，一定是罪大惡極，這是特別壞的小人啊！而那種寧願爲道義而死，也不苟且偷生，視死如歸的人，這又是君子都很難做到的啊。

唐太宗貞觀六年，把名冊上登記的死刑犯三百多人，釋放回家，約定他們到期自動回來接受死刑，這是拿君子都難以做到的事，期待特別壞的小人一定要做到。這些囚徒到了期限，都自動回來，沒有一個延誤日期，這是君子都難以做到的事，小人卻很容易就做到了，這難道貼近於人情嗎？

有人說：「罪大惡極的死囚，的確是小人啊。等到施以恩德加以感化，可使他們變爲君子，大體說來恩德感化人心之深切，改變人性之快速，就像這樣呀！」我說：「唐太宗縱囚，就是爲了求取這個美名。然而怎麼知道太宗釋放他們回去，不是揣測他們一定會回來以希求赦免，所以才放他們回去？又怎麼知道那些囚徒被釋放回去之後，不是揣測若能自動回來，就一定會獲得赦免，所以才會回來的呢？揣測囚徒一定會回來，才放他們回去，這是在上位者，以不正當的居心，揣摩下位者的心意。料想一定會獲得赦免才回來，這是在下位的人用不正當的居心，揣摩上位者的心意。這件事中，我只看見在上位的人和在下位的人，相互以不正當的居心，揣摩對方的心意，來成就這個美名，那有世俗所說施恩德，與知信義這件事？否則，太宗對天下人施行恩德，到縱囚時已經六年了，不能使小人不犯大罪惡。只是一日的恩德，就能使死囚視死如歸，心存信義，這又是不通情理的論調哪。」

「這麼說來，怎樣做才可以呢？」我說：「釋放他們，他們回來時就全部殺掉。然後再釋放一次，如果還能自動回來，那就知道是恩德導致的。」不過這是絕不可能的事。至於釋放死囚，若能自動回來就赦免他們，這種事只能偶爾做一次罷了！如果經常這麼做，那麼殺人的兇手都可以不死，這可以做天下恆久不變的法則嗎？既然不能做為恆久不變的法則，那是聖人的法則嗎？因此唐堯、虞舜和夏禹、商湯、周文王治理天下，一定根據人情；既不標新立異表示高明，也不違背常情來求取美名。

五代史記一行傳序

歐陽修

【原文】

嗚呼！五代之亂極①矣，傳②所謂「天地閉，賢人隱③」之時歟！當此之時，臣弒其君，子弒其父④，而搢紳⑤之士，安其祿而立其朝，充然⑥無復廉恥之色者，皆是也。吾以謂⑦自古忠臣義士，多出於亂世，而怪當時可道者何少也？豈果無其人哉？雖曰干戈興，學校廢，而禮義衰，風俗隳壞⑧，至於如此。然自古天下未嘗無人也。吾意必有潔身⑨自負⑩之士，嫉世⑪遠去而不可見者。自古賢材有韞⑫于中而不見於外；或窮居陋巷，委身草莽⑬，雖顏子⑭之行，不遇仲尼⑮，而名不彰。況世變多故，而君子道消⑯之時乎？吾又以謂必有負材能⑰，修節義，而沈淪於下，泯沒⑱而無聞者。求之傳記，而亂世崩離⑲，文字殘缺，不可復得，然僅得者四五人而已。

處乎山林而群麋鹿⑳，雖不足以爲中道㉑；然與其食人之祿，俛首㉒而包羞㉓，孰若無愧於心，放身而自得？吾得二人焉，曰鄭遨㉔、張薦明㉕。勢利不屈其心，去就不違其義，吾得一人焉，曰石昂㉖。苟利於君，以忠獲罪，而何必自明？有至死而不言者，此古之義士也，吾得一人焉，曰程福贇㉗。五代之亂，君不君，臣不臣，父不父，子不子㉘，至於兄弟夫婦，人倫㉙之際，無不大壞，而天理幾乎其滅矣㉚。於此之時，能以孝弟㉛自修於一鄉，而風行乎天下者，猶或有之。然其事迹不著，而無可紀次；獨其名氏或因見於書者，吾亦不敢沒，而其略可錄者，吾得一人焉，曰李自倫㉜。作《一行傳》。

【註釋】

①**五代之亂極**：五代謂梁、唐、晉、漢、周也，史稱後梁、後唐、後晉、後漢、後周；起西元九〇七年，訖九五九年，凡五十三年。此外復有十國分立，通稱五代十國，事實上爲藩鎮之變相與延長。五代雖號正統，而每一朝代，多者十餘年，少者僅四載。戰禍相尋，生民愁苦，故云亂極。

②**傳**：闡明經義曰傳，此傳指《易經》〈坤卦．文言〉。

③**天地閉，賢人隱**：《易經》〈坤卦．文言〉：「天地閉，賢天人隱。」《正義》：「天地閉，閒人隱者，謂二氣不相交通，天地否閉，閒人潛隱。」

④**臣弒其君，子弒其父**：《易經》〈坤卦．文言〉：「臣弒其君，子弒其父，非一朝一夕之故，其

所由來者漸矣。」臣弒其君，如朱溫弒唐昭宗及哀帝，伶人郭從謙弒後唐莊宗，李從珂弒後唐閔帝。子弒其父，如後梁朱友珪弒其父溫。

⑤**搢紳**：搢，音同「晉」，插也；紳，大帶也。古之仕者，插笏於紳，是曰搢紳。《莊子》〈天下〉：「其在於詩書禮樂者，鄒魯之士，搢紳先生，多能言之。」

⑥**充然**：充，滿也。充然猶全然。

⑦**以謂**：猶以為。

⑧**隳壞**：隳，音同「灰」，毀壞。

⑨**潔身**：《孟子》〈萬章〉：「歸潔其身而已矣。」謂潔其身無污行也。

⑩**自負**：謂深自期許也。《史記》〈高祖本紀〉：「高祖乃心獨喜，自負。」

⑪**嫉世**：嫉，通疾，憎惡也；嫉世猶言憤世。

⑫**韞**：音同「孕」，藏也。

⑬**委身草莽**：委身猶置身，草莽謂草野。《孟子》〈萬章〉：「在野日草莽之臣。」

⑭**顏子**：顏回，字子淵，亦稱顏淵，春秋時魯國人。孔子弟子，敏而好學，居陋巷，簞食瓢飲。不改其樂，孔子稱其賢。

⑮**仲尼**：孔子字。

⑯**君子道消**：《易》〈否卦〉〈彖〉曰：「內小人而外君子；小人道長，君子道消。」

⑰**負材能**：謂具有材能。

⑱**泯沒**：泯，音同「敏」，滅也；沒，沈也。泯沒猶埋沒。

⑲**崩離**：事物毀壞及墜失皆曰崩。離，分散也。《論語》〈季氏〉：「邦分崩離析。」

⑳**群麇鹿**：與麇鹿同群，即孟子「與鹿豕遊」之意。麇，形似鹿而大，全體暗赤褐色。眼小，耳闊。性怯弱，善走。

㉑**中道**：《孟子》〈盡心〉：「孔子豈不欲中道哉？」注：「中道，中正之大道也。」

㉒**俛首**：低頭。俛同俯。

㉓**包羞**：含羞。《易》〈否卦．六三〉：「包羞。」

㉔**鄭遨**：字雲叟。滑州白馬（今河南滑縣）人，唐昭宗時舉進士不第，見世方亂，乃入少室山為道士，種田自給。唐明宗時以左拾遺召，晉高祖時以諫議大夫召，均不赴。賜號逍遙先生。

㉕**張薦明**：燕人。少以儒學遊河朔。後去為道士，通老子、莊周之說。晉高祖延入內殿講《道德經》，賜號通玄先生。

㉖**石昂**：青州臨淄（今山東臨淄縣）人。讀書講學，不求仕進，節度使符習高其行，以為臨淄令。嘗以公事謁監軍楊彥朗，贊者以彥朗諱石，更其姓曰右。昂趨于庭，仰責彥朗曰：「內侍奈何以私害公？昂姓石，非右也。」即趨出，解官歸。晉高祖求孝悌之士，召為宗正丞，遷少卿。出帝即位，晉政日壞，昂數極諫，不聽，乃稱疾歸。

㉗**程福贇**：贇，音同「暈」。家世不詳。晉出帝時，為奉國右廂都指揮使。開運中，契丹入寇，出帝北征，奉國軍士有乘夜縱火焚營謀亂者。福贇身自救火，被傷；火滅，而亂者不得發。福贇以為天子在軍，京師空虛，不宜以小故動搖人聽，因匿其事不以聞。軍將李殷，位次福贇下，利其去而代之；因誣福贇與亂者同謀，不然，何以不奏。出帝下福贇獄，人皆以為冤，福贇終不自辨，

以見殺。

㉘**君不君四句**：見《論語》〈顏淵篇．齊景公問政章〉。

㉙**人倫**：《孟子》〈滕文公〉：「使契為司徒，教以人倫：父子有親，君臣有義，夫婦有別，長幼有序，朋友有信。」按倫，道也，理也；五者是人之常道、常理，故曰人倫。

㉚**天理幾乎其滅矣**：《禮記》〈樂記〉：「好惡無節於內，知誘於外，不能反躬，天理滅矣。」注：「理，猶性也。」故天理猶言天然之性。

㉛**孝弟**：弟通悌。《論語》〈學而〉：「孝弟也者，其為仁之本與？」朱注：「善事父母為孝，善事兄長為弟。」

㉜**李自倫**：深州（今河北深縣）人。晉高祖天福四年正月，尚書戶部奏深州司功參軍李自倫，孝友傳家，六世同居，敕以所居飛鳧鄉為孝義鄉，匡聖里為仁和里，準旌表門閭。

【作者】

歐陽修，見本書第3頁〈縱囚論〉作者簡介。

【題解】

本篇為史傳之序，選自《五代史記》卷三十四〈一行傳〉，係以說明立傳之主旨，其性質爲說理文。五代史有二：一爲宋太宗時薛居正等奉敕撰，世稱《舊五代史》；另一爲宋仁宗時歐陽修撰，世稱《新五代史》。〈一行傳〉者，蓋仿《後漢書》（南朝宋范曄撰）〈獨行傳〉例，專記操行特絕而風軌足懷之士，所以表彰潛德也。文分二段：首段言五代亂極，廉恥道喪，然猶有忠義材能之士，或潔身遠去，或泯沒無聞，故求得而傳之。次段略敘傳中諸人之行誼。文極感慨淋漓之致，與〈伶官傳序〉、〈宦者傳序〉等篇同爲世所傳誦。近人姚永樸謂史序之文，自太史公諸年表序外，惟歐陽公《唐書》、《五代史》諸序爲最云。

【翻譯】

唉！五代混亂極了，正如《易經》所說「天地間的正氣閉塞，賢人隱居不仕」的時代了！就在這個時候，爲人臣子者殺他的君主，做兒子的殺他的父親，可是做官的人，在朝廷上安逸地享受他的俸祿，全然絲毫沒有一點廉恥的樣子，比比皆是啊！我以爲從古以來的忠臣俠義之士，大部分產生在混亂時代裏，奇怪的是當時值得稱道的卻那麼少呢？難道眞的沒有那樣的人嗎？雖然說戰爭興起，學校教育廢弛，因而禮義衰微，風格敗壞到這地步；可是天下自古不會沒有忠義的人啊！我猜想一定有潔身自愛、具有抱負的人，痛恨末世敝俗，遠離人群不容易見到。自古賢才有藏在內心而不表露在外面的，或者因貧窮而困居於陋巷中，隱身於草野，像顏回那樣有德行，如果不遇到孔子，他的名字便不會被人所知道。何況在世上變亂紛多，君子之道衰微的時候呢？我又認為一定有才能好、節義高尚的人而沉淪下去，行跡被埋沒而沒有聲聞的。從傳記裏去索求，因為亂世一切毀壞失敗，文獻殘缺不全，再也找不到材料，但是只能找到四五人罷了。

在山林中隱居跟麋鹿同群，這種作法雖然還不能算是中正的大道；然而與其享受官爵厚祿而沒有廉恥，而低頭含羞，倒不如問心無愧，不受拘束，自得其樂，過著隱士的生活，較值得讚許。這樣的人我找到兩個，叫做鄭遨、張薦明。權勢和財利不能使他的心屈服，去掉官職或就任官職，都不違背大義，這樣的人我找到一個，叫做石昂。只求對國君有利，雖因盡忠而獲罪，卻不為自己辯白，到死也不說什麼的，這眞像古代的義士，這樣的人我找到一個，叫做程福贇。五代的混亂，君不像君，臣不像臣，父不像父，子不像子，以及兄弟、夫婦，人與人間的倫理，沒有一種不敗壞，而天理也幾乎滅絕了。在此時，能夠在鄉閭自己修孝悌，而能形成風氣影響天下的，有時還有這種人，可是他的生平功業不顯著，沒有什麼可記的編列於書中；只是他的名字有時在書上出現過，我也不敢埋沒他，可以加以簡單紀錄的，我找到一個人，叫做李自倫。因此我寫〈一行傳〉。

六國論

蘇洵

【原文】

六國①破滅，非兵不利，戰不善，弊在賂秦②。賂秦而力虧③，破滅之道也。或曰：「六國互喪④，率⑤賂秦耶？」曰：「不賂者以賂者喪，蓋失強援，不能獨完，故曰，弊在賂秦也。」

秦以攻取之外，小則獲邑，大則得城，較秦之所得，與戰勝而得者，其實百倍；諸侯之所亡，與戰敗而亡者，其實亦百倍。則秦之所大欲，諸侯之所大患，固不在戰矣。思厥⑥先祖父，暴⑦霜露，斬荊棘，以有尺寸之地。子孫視之不甚惜，舉以予人，如棄草芥。今日割五城，明日割十城，然後得一夕安寢。起視四境，而秦兵又至矣！然則諸侯之地有限，暴秦之欲無厭⑧，奉之彌⑨繁，侵之愈急，故不戰而強弱勝負已判矣。至於顛覆，理固宜然。古人云：「以地事秦，猶抱薪救火，薪不盡，火不滅。」⑩此言得之。

齊人未嘗賂秦，終繼五國遷滅⑪，何哉？與嬴⑫而不助五國也。五國既喪，齊亦不免矣。燕、趙之君，始有遠略，能守其土，義不賂秦。是故燕雖小國而後亡，斯用兵之效也。至丹以荊卿爲計⑬，始速禍焉。趙嘗五戰於秦，二敗而三勝⑭。後秦擊趙者再，李牧⑮連卻之。洎⑯牧以讒誅，邯鄲爲郡⑰；惜其用武而不終也。且燕、趙處秦革滅殆盡之際，可謂智力孤危，戰敗而亡，誠不得已。向使三國⑱各愛其地，齊人勿附於秦，刺客不行，良將猶在，則勝負之數，存亡之理，與秦相較，或未易量。嗚呼！以賂秦之地，封天下之謀臣；以事秦之心，禮天下之奇才；並力西嚮，則吾恐秦人食之不得下咽也。悲夫！有如此之勢，而爲秦人積威之所劫⑲，日削月割，以趨於亡，爲國者，無使爲積威之所劫哉！

夫六國與秦皆諸侯，其勢弱於秦，而猶有可以不賂而勝之之勢；苟以天下之大，而從六國破亡之故事，是又在六國下矣！

【註釋】

①**六國**：戰國時六強國齊、楚、燕、趙、韓、魏，後均爲秦所滅。齊（本太公望之封國，後爲其臣田和所篡），田姓，都臨淄（山東臨淄），略有今山東及河北東部地。楚，熊繹之後，都郢（湖北江陵），略有今湖南、湖北、安徽、江蘇、浙江及四川巫山以東，廣西蒼梧以北，陝西洵陽以南之地。燕，召公之後，都薊（音同「技」，河北薊縣），略有今河北、遼寧及朝鮮北部地。趙，趙籍之後，都邯鄲（音同「寒丹」，河北邯鄲），略有今山西、河北一部，河南北部地。韓，韓虔之後，都平陽（山西臨汾），後徙都新鄭，略有今山西南部、河南西北部、陝西東部地。魏，魏斯之後，都安邑（山西夏縣），後徙都大梁（河南開封），略有今山西西南部、河南一部之地。

②**賂秦**：指（六國）以地贈送與秦，以求苟安。賂，音同「鹿」，以財物與人，而有所求。秦都咸陽，略有今陝西、甘肅、青海、四川一部之地；力農教戰，在戰國時國勢最強。

③**虧**：耗損。

④**互喪**：相繼滅亡。互，交互。

⑤**率**：皆也。

⑥**厥**：其也。指示代名詞。

⑦**暴**：音同「鋪」，暴露也；引伸作「冒」解。

⑧**厭**：俗作「饜」，飽也，滿足也。

⑨**彌**：愈也，益也。

⑩**以地事秦……火不滅**：四句言此但自促其亡耳，於事無濟。語見《戰國策》〈魏策〉及《史記》〈魏世家〉。

⑪**遷滅**：秦始皇二十六年（西元二二一年）滅齊，遷齊王於共（今河南輝縣）。遷，放逐也。

⑫**與嬴**：謂歸附秦國。與，親附也，從也。《國語》〈齊語〉：「桓公知天下諸侯多與己也，故又大施忠焉。」嬴，音同「迎」，秦姓。

⑬**至丹以荊卿為計**：遣荊軻刺秦王之計。丹，指燕王喜太子丹。荊卿，即荊軻，衛人，以讀書擊劍名。秦滅韓、趙、魏，即侵燕。太子丹懼，於始皇二十年（西元前二二七年），使荊軻以樊於（音同「巫」）期首，及燕督亢（燕東方地）地圖，獻於秦，欲乘機刺秦王。軻以匕首擊秦王不中。秦王大怒，益發兵伐燕，卒於二十五年滅燕。

⑭**趙嘗五戰於秦，二敗而三勝**：秦趙交兵，較重要者有五：一、周烈王五年（西元前三七一年）趙與秦戰於高安（今山西省境），大敗之。二、慎靚王四年（西元前三一七年），秦敗趙。三、赧王四十五年（西元前二七〇年），秦圍趙閼（音同「玉」）與（今山西省和順縣境），趙將趙奢大敗之。四、赧王五十五年（西元前二六〇年），秦圍趙上黨（今山西長治市地），趙括戰敗，秦坑趙降卒四十餘萬。五、赧王五十九年（西元前二五六年），趙樂乘破秦信梁軍。

⑮**李牧**：趙名將，守北邊，威震匈奴。秦始皇十三年（西元前二三四年），趙以牧爲大將，破秦軍

於宜安（今河北藁（音同「稿」）城縣），封武安君。後秦攻番吾（今河北平山），李牧又擊破之。始皇十八年（西元前二二九年），王翦攻趙，仍爲李牧所阻。秦乃縱反間，言牧欲反。牧被誅。三月後，秦遂滅趙。

⑯**洎**：音同「技」，及也。

⑰**邯鄲為郡**：秦滅趙後，廢其國號，僅以邯鄲郡名之也。

⑱**三國**：指韓、魏、楚。

⑲**劫**：脅迫也。

【作者】

蘇洵，字明允，宋眉州眉山（今四川省眉山縣）人。生於眞宗大中祥符二年（西元一〇〇九年），卒於英宗治平三年（西元一〇六六年），年五十八。

洵少時不喜歡讀書，年二十七，始發奮爲學。歲餘應試不第，乃悉焚所爲文，閉戶勤讀，遂通六經百家之說，下筆頃刻數千言。仁宗嘉祐元年（西元一〇五六年），與二子軾、轍同詣京師。時歐陽修得洵所著〈權書〉、〈衡論〉等二十二篇，以爲賈誼、劉向不能過，一時士大夫爭相傳誦。宰相韓琦奏於朝，召試舍人院，因疾未至，除秘書省校書郎。嗣與姚闢同修建隆以來禮書，爲《太常因革禮》一百卷，書成而卒，特贈光祿寺丞。

洵之文得力於《國策》、《史記》，長於議論；古勁簡直，有先秦之風。影響後世文壇，至深且鉅，著有《嘉祐集》等。

【題解】

本文選自《嘉祐集》〈權書〉八，原題「六國」，「論」字爲後人所加。乃論戰國時齊、楚、燕、趙、韓、魏六國，因賂秦而自取滅亡，以諷當時（北宋）賂敵（契丹）之退怯政策。

【翻譯】

六國會破敗滅亡，不是因爲武器不鋒利，戰略不完善，弊端在於拿土地來賄賂秦國。拿土地賄賂秦國因而耗損了國力，就是滅亡的原因。有人問：「六國相繼滅亡，難道全都是因爲賄賂秦國嗎？」我說：「不賄賂秦國的國家因爲賄賂秦國的國家而滅亡。原因是失去了強有力的外援，不能獨自保全。所以說：弊病在於賄賂秦國。」

秦國用征戰奪取土地外，獲得諸侯奉送的土地，小至獲得縣邑，大至得到一個城池。秦國受賄賂得到的土地和戰勝得到的土地相比，實際多了百倍。六國諸侯賄賂秦國而喪失的土地與戰敗喪失的土地相比，實際也要多百倍。那麼秦國的最大欲望，與六國諸侯的最大禍患，本來就不在於戰爭。想想六國諸侯的先祖父輩，冒著寒霜雨露，披荊斬棘，才有了小小的土地。子孫看待那些土地卻不很愛惜，拿來送給別人，就像丟棄沒有價值的小草。今天割讓五座城，明天割讓十座城，這樣才能得到一夜的安眠。起床一看四周邊境，秦國的軍隊又來了。如此看來，諸侯的土地有限，橫暴的秦國的欲望卻不會滿足，諸侯進獻越多，秦國侵犯越急迫，所以用不著戰爭，誰強誰弱，誰勝誰負就已經分明了。六國走到滅亡的地步，道理本來就應當如此。古人說：「用土地侍奉秦國，就好像抱柴救火，柴不燒完，火就不會滅。」這話說得很正確。

齊國不曾賄賂秦國，最終也隨著五國滅亡了，爲什麼呢？因爲齊國歸附秦國而不幫助其他五國。五國已經滅亡了，齊國也就無法倖免了。燕國和趙國的國君，起初有深遠的謀略，能夠守住國土，堅持正義，不賄賂秦國。因此燕雖然是個小國，卻是較晚才滅亡，這就是用兵抗秦的效果。到燕太子丹用了派遣荊軻刺殺秦王的計策，才招致禍患。趙國曾經與秦國交戰五次，其中兩次戰敗，三次戰勝。後來秦國多次攻打趙國，趙國大將李牧一次次打退秦軍。直到李牧因受讒言誣陷而被殺，趙國便被秦吞滅成爲邯鄲郡，可惜趙國用武力抗秦而不能堅持到底。而且燕、趙處在秦國消滅諸侯國將盡的時候，可以說是智謀和國力耗盡，孤立危急，戰敗而亡國，實在是不得已的事。假使韓、魏、楚三國都愛惜他們的國土，齊國不依附秦國，燕國不派刺客行刺秦王，趙國的良將李牧還健在，那麼勝敗的命運，存亡的道理，和秦國相比較，或許還不容易衡量。唉！如果六國諸侯用賄賂秦國的土地來封給天下的謀臣，用侍奉秦國的心來禮遇天下的奇才，合力向西對抗秦國，那麼我恐怕秦國人將會憂慮不安到連飯也吃不下。可悲啊！有這樣的有利形勢，卻被秦國長期累積的威勢所脅迫，天天削弱自己的力量，月月割地給人，而走向滅亡。治理國家的人不要被長期累積的威勢所脅迫啊！

六國和秦國都是諸侯國，他們的勢力比秦國弱，卻還有可以不賄賂而戰勝秦國的優勢。如果擁有廣大的天下，卻跟從六國滅亡的前例，這就是連六國都不如了。

愛蓮說

周敦頤

【原文】

水陸草木之花，可愛者甚蕃①；晉陶淵明獨愛菊。自李唐②來，世人盛愛牡丹。予獨愛蓮之出淤泥③而不染，濯清漣④而不妖⑤；中通外直，不蔓不枝⑥；香遠益清，亭亭淨植⑦，可遠觀而不可褻玩⑧焉。

予謂⑨：菊，花之隱逸者也；牡丹，花之富貴者也；蓮，花之君子者也。噫！菊之愛，陶後鮮有聞。蓮之愛，同予者何人？牡丹之愛，宜乎眾矣！

【註釋】

①**蕃**：音同「凡」。這裏與「繁」字同，是眾多的意思。

②**李唐**：唐朝由李淵建國，所以稱李唐，來表示跟古代的唐堯之唐不同。

③**淤泥**：淤，音同「迂」。淤泥，指水底爛泥。
④**漣**：音同「連」。水面被風吹起的細紋。
⑤**妖**：妖媚。
⑥**不蔓不枝**：是說蓮葉都生在根節間，沒有像藤類纏繞蔓生的細莖，也沒有歧出的枝枒。
⑦**植**：立。
⑧**褻玩**：褻，音同「洩」；玩，音同「萬」。褻玩，狎近玩弄（狎近，有輕慢的意味）。
⑨**謂**：說。

【作者】

周敦頤，字茂叔，宋道州（今湖南省道縣）人，生於宋眞宗天禧元年（西元一〇一七），卒於神宗熙寧六年（西元一〇七三），年五十七歲。人品高潔，胸懷灑落，如光風霽月，是宋代理學之祖。學者稱濂溪先生。著有《太極圖說》、《通書》等。

【題解】

這一篇是從《周濂溪先生全集》中選錄出來的，作者藉蓮的特質來比喻君子的美德，說明它可愛的緣故。對只求富貴而沒有道德理想的人，也暗寓鄙棄的意味。

【翻譯】

水中陸上的草本木本植物的花朵，可愛的很多；晉代陶淵明特別喜愛菊花。從李唐以後，一般人非常喜愛牡丹。我特別喜愛蓮花的從水底爛泥裏生長出來卻不被汙染，生長在清水中卻不顯妖媚；中心通暢，外表挺直，沒有像藤蔓類纏繞蔓生的細莖，也沒有歧出的枝椏。香氣越在遠處越顯得清雅，高高地、潔淨地直立著，只可以從遠處觀賞，卻不可輕慢地接近玩弄它。

我說：菊在花中是象徵隱居的高士；牡丹在花中代表富貴人家；蓮則是花中象徵才德君子。唉！喜愛菊花的人，陶淵明之後就很少聽說過。和我一樣喜愛蓮花的，不知還有什麼人？至於喜愛牡丹的，應該有很多吧！

魯仲連義不帝秦

資治通鑑

【原文】

王陵①攻邯鄲②，少利③，益發卒佐陵，陵亡五校④，乃以王齕⑤代王陵。趙王⑥使平原君⑦求救於楚，楚王⑧使春申君⑨將兵⑩救趙。魏王⑪亦使將軍晉鄙⑫將兵十萬救趙。秦王⑬使謂魏王曰：「吾攻趙，旦暮且下⑭；諸侯敢救之者，吾已拔趙，必移兵先擊之。」魏王恐，遣人止晉鄙留兵壁鄴⑮，名爲救趙，實挾兩端⑯。又使將軍新垣衍⑰間入⑱邯鄲，因平原君說⑲趙王，欲共尊秦爲帝，以卻其兵。

齊人魯仲連⑳在邯鄲，聞之，往見新垣衍，曰：「彼秦者，棄禮義而上首功之國㉑也。彼即肆然㉒而爲帝於天下，則連有蹈東海而死耳，不願爲之民也！且梁㉓未睹秦稱帝之害故耳，吾將使秦王烹醢㉔梁王！」新垣衍快然不悅，曰：「先生惡能使秦王烹醢梁王？」魯仲連曰：「固也㉕，吾將言之。昔者，九侯㉖、鄂侯㉗、文王㉘，紂㉙之三公也。九侯有子㉚而好，獻之於紂，紂以爲惡，醢九侯。鄂侯爭之彊，辯之疾㉛，故脯㉜鄂侯。文王聞之，喟然而嘆，故拘之牖里之庫㉝百日，欲令之死。今秦萬乘之國㉞也，梁亦萬乘之國也，俱據萬乘之國，各有稱王之名；奈何睹其一戰而勝，欲從而帝之，卒就脯醢之地乎？且秦無已㉟而帝，則將行其天子之禮，以號令於天下；則且變易諸侯之大臣——彼將奪其所不肖而與其所賢，奪其所憎而與其所愛。彼又將使其子女讒妾㊱爲諸侯妃姬㊲，處梁之宮，梁王安得晏然而已乎？而將軍又何以得故寵㊳乎？」新垣衍起，再拜，曰：「吾乃今知先生天下之士也！吾請出，不敢復言帝秦矣！」

【註釋】

①**王陵**：秦將，時爲攻趙統帥。
②**邯鄲**：趙國都城，今河北邯鄲縣。邯，音同「寒」；鄲，音同「丹」。
③**少利**：猶言失利。
④**陵亡五校**：亡，損失也。軍制，一校八百人。
⑤**王齕**：趙國大將，齕，音同「河」。
⑥**趙王**：趙孝成王，名丹。
⑦**平原君**：名勝，趙武靈王之子。封於平原（今山東平原縣），故號平原君。爲時趙相。

⑧**楚王**：楚考烈王，名完。
⑨**春申君**：黃歇，時為楚相。
⑩**將兵**：將，音同「降」，率領也。
⑪**魏王**：魏安釐王，名圉（音同「雨」）。
⑫**晉鄙**：魏國大將。
⑬**秦王**：秦昭王，名稷。
⑭**旦暮且下**：旦暮，猶言早晚，最近不久之意。且下，將攻下也。
⑮**壁鄴**：壁，軍營，用做動詞，駐軍之意。鄴縣屬魏，故城在今河南臨漳縣西約二十三公里。
⑯**實挾兩端**：挾持兩端，謂名為救趙，而又陰懷與秦妥協之意也。
⑰**新垣衍**：姓新垣，名衍。《戰國策》作辛垣衍。
⑱**間入**：間，音同「件」，秘密由間道小徑進入邯鄲。
⑲**說**：音同「稅」，遊說也，謂以言語使人信服。
⑳**魯仲連**：一稱魯連，戰國時齊之高士，好奇偉倜儻之畫策，喜為人排難解紛，而不肯仕宦。《史記》以與鄒陽同傳。
㉑**上首攻之國**：上，崇尚也。秦國法令，作戰斬一人首，賜爵一級；斬首愈眾，爵賞愈多，故曰上首攻之國。
㉒**即肆然**：即，假使也。肆然，放恣也。
㉓**梁**：魏惠王遷都大梁（今河南開封縣），因亦稱魏為梁。

㉔**烹醢**：烹。酷刑之一。醢，音同「海」，剁成肉醬。
㉕**固也**：意謂秦將烹醢梁王，乃必然之事。
㉖**九侯**：《戰國策》作鬼侯，殷時諸侯。《括地志》：「相州洛陽縣西南約二十九公里有九侯城，亦名鬼侯城。」
㉗**鄂侯**：殷時諸侯。鄂國在今湖北武昌。
㉘**文王**：周文王，姓姬，名昌，武王之父。殷紂時為西伯，國於岐山（今陝西岐山縣東北）之下。
㉙**紂**：音同「宙」。商王紂，名辛，為周武王所滅。
㉚**子**：子義本兼男女，此指女子也。
㉛**爭之彊辯之疾**：爭辯時，態度強硬，言詞疾急。
㉜**脯**：音同「府」，乾肉。此作動詞，謂殺鄂侯後，以其肉為脯。
㉝**牖里之庫**：牖，音同「友」。牖里，《史記》作羑里，在今河南湯陰縣北。庫，藏兵器財物之處。
㉞**萬乘之國**：乘，音同「勝」，古稱一車四馬曰乘。天子京畿地方千里，可出戎馬四萬匹，兵車萬乘，故稱萬乘之主。此處為大國之意。
㉟**無已**：不停止。意謂秦貪而無厭，不能停止。
㊱**讒妾**：崇飾惡言以毀善害能謂之讒。讒妾是工於讒言之妾婦。
㊲**妃姬**：妃，音同「非」，配偶。姬，音同「肌」，姬妾。
㊳**故寵**：舊寵。

【作者】

《資治通鑑》，宋司馬光主撰，爲我國編年史名著，上起戰國，下終五代（西元前四〇三至西元後九五九年），計一千三百六十二年，凡二百九十四卷，歷十九年始成書。

司馬光，字君實，宋陜州夏縣（今山西夏縣）涑水鄉人。父池，眞宗天禧三年，爲光山令，以十月十八日生於官舍，因以爲名。卒於哲宗元祐元年（西元一〇一九－一〇八六年），年六十八。

光於仁宗時舉進士。累官端明殿學士，知永興軍。神宗時，以議新法，與王安石不合，退居洛陽，絕口不論時事。哲宗立，起爲門下侍郎，轉尙書左僕射，悉去新法爲民害者。遼、夏使至，必問光起居，敕其邊吏曰：「中國相司馬矣，毋輕生事，開邊隙。」光自見言行計從，欲以身殉社稷，躬親庶務，不舍晝夜，在相位八月而卒。贈溫國公，謚文正。光恭儉正直，動作有禮，自少至老，語未嘗妄。自言：「吾無過人者，但生平所爲，未嘗有不可對人言者耳。」著有《傳家集》、《資治通鑑》等書。

【題解】

東周赧王五十七年（趙孝成王八年），秦攻趙邯鄲。時秦兵力最強，日蠶食六國。諸侯雖知聯合抗秦爲救亡圖存之至計；然上自國君，下至群臣，多畏怯觀望，欲苟且倖全，不敢輕犯其鋒。維時布衣中，獨有一魯仲連，抒其浩然之氣，一說而使諸侯振奮，正義申張，使秦將聞之，爲退軍五十里，趙都危而復安。稱之曰天下之士，非虛譽也。文分兩段，前段敘秦攻趙都，魏王救趙，而陰謀妥協；後段敘魯仲連說服新垣衍，寢帝秦之議。理直氣壯，使人振奮。

【翻譯】

王陵攻打邯鄲，失利，再發兵救助王陵，王陵又損失四千士兵，於是以王齕取代王陵。趙王派遣平原君向楚國求救。楚王派春申君率兵救趙。魏王也派將軍晉鄙率十萬兵救趙。秦王派人對魏王說：「我攻打趙國，很快就會攻下，諸侯國誰敢救趙國，等我攻破趙國，必定先進攻他。」魏王害怕，使人讓晉鄙停止前進，屯兵鄴城堅守，名義上是救趙國，實際上腳踩兩邊。魏王又使將軍新垣衍潛入邯鄲，通過平原君說服趙王，打算尊奉秦王爲帝，以使他罷兵。

齊人魯仲連在邯鄲，聽說此事，來見新垣衍，說：「那個秦國，棄禮義倫常而崇尚殺人立功的國家。如果它能公然稱帝於各國，我魯仲連只有跳東海而死，絕不做秦國的臣民。況且，魏國還沒看到秦王稱帝以後對它帶來的危害，我將讓秦王把魏王煮成肉醬。」新垣衍怏怏不樂，說：「你哪能讓秦王把魏王煮成肉醬呢？」魯仲連說：「確實如此，讓我慢慢說來。當年九侯、鄂侯、文王是商紂王的三公。九侯有個女兒，容貌姣好，將她獻給紂王，紂王討厭她，就把九侯剁成肉醬。鄂侯極力爲九侯辯護，疾聲呼冤，所以被紂王做成肉乾。周文王聽說了，喟然長嘆，也被關押在倉庫裏長達一百天。現在的秦國，是擁有萬乘兵馬的大國，魏國也同樣是大國，都據有雄厚的實力，各自稱王的名位，爲什麼看到秦王打了一場勝仗，就想聽從他指揮，尊秦王爲帝，從而使自己落到被人宰割成肉醬的地步呢？如果秦王未被制止而稱帝，就會施行天子的禮儀，號令於天下各國，並且將更換各國君主的大臣，他將剝奪他所看不起的人的職位，轉授給他所器重的人，他將剝奪他所憎恨的人職位，轉授給他寵愛的人。他又將使秦國的女子和妾姬，指令婚配給各國君主。設想這些人在大梁宮中，魏王還能泰然處之嗎？而將軍你又有什麼辦法能保住在君王面前的舊日恩寵呢？」新垣衍聽了離座一再拜謝，說：「我今天才知道先生是天下高士啊！我這就告辭回國，不敢再提尊秦爲帝的話了！」

郭子儀單騎退敵

資治通鑑

【原文】

郭子儀①屯涇陽②，軍才萬人。回紇③、吐蕃④數十萬眾入寇，丙寅，回紇、吐蕃合兵圍涇陽，子儀命諸將嚴設守備而不戰。……

是時，回紇與吐蕃聞僕固懷恩⑤死，已爭長，不相睦，分營而居，子儀知之。回紇在城西，子儀使牙將⑥李光瓚等往說之，欲與之共擊吐蕃。回紇不信，曰：「郭公固在此乎？汝紿我耳。若果在此，可得見乎？」光瓚還報，子儀曰：「今眾寡不敵，難以力勝。昔與回紇契約⑦甚厚，不若挺身往說之，可不戰而下⑧也。」諸將請選鐵騎⑨五百爲衛從⑩，子儀曰：「此適足爲害也。」郭晞⑪扣馬⑫諫曰：「彼，虎狼也；大人，國之元帥，奈何⑬以身爲虜餌⑭？」子儀曰：「今戰，則父子俱死而國家危。往以至誠與之言，或幸而見從⑮，則四海之福也！不然，則身沒而家全。」以鞭擊其手曰：「去！」

遂與數騎開門而出，使人傳呼曰：「令公來！」回紇大驚。其大帥合胡祿都督⑯藥葛羅⑰，可汗之弟也，執弓注矢⑱立於陣前。子儀免冑⑲、釋甲、投槍而進。回紇諸酋長相顧曰：「是也！」皆下馬羅拜⑳。子儀亦下馬，前執藥葛羅手，讓之曰：「汝回紇有大功於唐㉑。唐之報汝亦不薄；奈何負約，深入吾地，侵逼畿縣㉒，棄前功，結怨仇，背恩德，而助叛臣，何其愚也？且懷恩叛軍棄母，於汝國何有㉓，吾挺身而來，聽汝執我殺之，我之將士必致死㉔與汝戰矣。」藥葛羅曰：「懷恩欺我，言天可汗㉕已晏駕㉖，令公亦捐館㉗，中國無主，我是以敢與之來。今知天可汗在上都㉘，令公復總兵於此，懷恩又爲天所殺，我曹豈肯與令公戰乎？……今請爲公盡力，擊吐蕃以謝過。」

……回紇觀者爲兩翼，稍前；子儀麾下亦進，子儀揮手卻之，因取酒與其酋長共飲。

……竟與定約而還。

吐蕃聞之，夜，引兵遁去。

【註釋】

①**郭子儀**：唐華州（今陝西省華縣）人。他是唐代中興名將。平定安祿山、史思明的禍亂，抵禦回紇、吐蕃等異族的侵略，功勞極大，封為汾陽郡王。他曾作中書令，人們因此稱他為郭令公。享年八十五歲（西元六九七——七八一）。

②**涇陽**：縣名，即今陝西省涇陽縣。

③**回紇**：種族名，今譯為維吾爾，是匈奴的後裔，據有內外蒙古一帶。紇，音同「河」。

④**吐蕃**：種族名，西羌的支系，據有西藏一帶。

⑤**僕固懷恩**：僕固，本是鐵勒部落名，入居中原的僕固人以此為姓。僕固懷恩，曾隨郭子儀討賊有功，封大寧郡王；後背叛朝廷，誘使回紇、吐蕃等侵略中原，中途病死。

⑥**牙將**：軍職中的低級官階。

⑦**契約**：這裏指友好的情誼。

⑧**下**：是說使對方屈服。

⑨**鐵騎**：強悍的騎兵。騎，音同「技」。

⑩**衛從**：護衛隨從的人員。從，音同「粽」。

⑪**郭晞**：子儀的第三個兒子。晞，音同「西」。

⑫**扣馬**：拉住馬。
⑬**奈何**：如何，怎麼。
⑭**虜餌**：是說誘敵的東西。虜，敵人。餌，食物的總名。
⑮**見從**：聽從我。
⑯**都督**：官名，是一個地區的軍事首領。
⑰**藥葛羅**：是回紇姓氏Yaglakar的音譯。
⑱**注矢**：是說把箭按在弓弦上。
⑲**免胄**：脫下頭盔。胄，音同「宙」，作戰時所戴的抵禦刀箭的頭盔。
⑳**羅拜**：羅列跪拜。
㉑**汝回紇有大功於唐**：唐肅宗、代宗時，回紇曾出兵協助平定安史之亂。
㉒**畿縣**：京城附近的縣。畿，音同「肌」。
㉓**何有**：是說有什麼好處。
㉔**致死**：是說竭盡全力，不怕死。
㉕**天可汗**：唐代西北邊疆民族稱中國皇帝為天可汗。
㉖**晏駕**：本來是說宮車晚出。古代君主去世，人們不忍直說，就用「晏駕」來代替。晏，是「晚」的意思。駕，指君主的車子。
㉗**捐館**：是說去世。捐，是捨棄的意思。館，是住宅。

㉘**上都**：指唐的都城長安（今陝西省西安市）。

【作者】

《資治通鑑》，同本書第29頁〈魯仲連義不帝秦〉作者簡介。

【題解】

這一篇是從《資治通鑑》卷二百二十三〈唐紀〉三十九代宗永泰元年中節選出來的。記述唐代名將郭子儀，在代宗永泰元年（西元七六五年），憑著個人的智勇與威望，使敵人退兵的故事。

【翻譯】

郭子儀鎮守涇陽，軍隊只有萬人，回紇、吐蕃有數十萬大軍入侵，丙寅年，回紇、吐蕃合兵圍涇陽，郭子儀下令堅守陣地，不准與敵軍交戰。……

當時，回紇與吐蕃聽聞僕固懷恩已死，鬧得很不團結，已分開紮營，郭子儀知道了這個消息。回紇在城西，子儀派牙將李光瓚去見回紇，說郭子儀願意和回紇一起攻打吐蕃。回紇不信，說：「郭子儀眞的在此嗎？你是在騙我吧！如果他眞的在此，你能讓我見見他嗎？」李光瓚回報了這個消息，郭子儀說：「眼下敵我力量懸殊，難以用武力取勝。從前我和回紇有很深的交情，不如我親自去說服他們，可不戰而使他們退兵。」其子將士們主張選五百名精銳騎兵隨身保護，子儀說：「這樣做反而會把事情弄糟。」其子郭晞攔住父親的馬勸說：「他們是虎狼，父親是三軍元帥，怎麼可以把自己當做誘餌呢？」子儀說：「目前要是開戰，咱們父子性命難保，而且整個國家也難逃危難。去用至誠和他們談判，或幸而成功，是全民之福，萬一不成功，犧牲我個人尚可保全國家。」揚起馬鞭打了兒子的手，喝道：「讓開！」

於是和幾名騎兵開門而出，派人傳話說：「郭令公來了！」回紇大驚，回紇大帥合胡祿都督藥葛羅，是可汗的弟弟，彎弓搭箭站在軍營前。郭子儀摘下頭盔，脫去鐵甲，放下刀槍走向回紇營中。回紇諸酋長彼此相視，說：「眞的是郭令公！」紛紛下馬列隊迎接。郭子儀也跳下馬來，走向前去握住藥葛羅的手。責備他們說：「你們回紇在幫助我大唐平定安史之亂時立了大功，我們大唐對你們回紇的報答也不薄。你們爲什麼要違背盟約，深入我國境內，侵擾我們的地方？拋棄以前的功業，結下冤仇，背棄恩德而幫助叛臣，爲什麼如此愚笨呢？僕固懷恩背叛大唐君王，拋棄他自己的老母親，這種人會對你們有什麼好處？今天我挺身而來，任憑你們把我抓起來殺掉，但是，我的部下是一定要與你們死戰到底的。」藥葛羅回答說：「僕固懷恩欺騙我們，胡說大唐皇帝已經死了，你郭公也已經不在世了，中國無主，因此我們才敢和他同來。現在既然已經曉得大唐皇帝仍在長安，你郭公又帶領兵馬在此地，僕固懷恩又被上天所殺，我們怎麼肯跟郭公你刀兵相見呢？……現在我們回紇願爲你盡一份力，打敗吐蕃來彌補我們的過失。」……當時回紇將士一直分成兩翼在旁邊觀看，這時稍稍走向前來，郭子儀的部下見狀也同時向前移動。郭子儀揮手讓他們退後，便拿酒與藥葛羅他們共飲。……終於同回紇訂定了和約而回去。

吐蕃聽到這一消息，當天夜裏就逃走了。

遊褒禪山記

王安石

【原文】

褒禪山①，亦謂之華山，唐浮圖②慧褒③，始舍於其址④，而卒葬之；以故其後名之曰褒禪。今所謂慧空禪院者，褒之廬冢⑤也。距其院東五里，所謂華陽洞者，以其在華山之陽⑥名之也。距洞百餘步，有碑仆道⑦，其文漫滅⑧，獨其爲文猶可識曰「花山⑨」，今言華如華實之華者，蓋音謬也⑩。

其下平曠⑪，有泉側出，而記遊者⑫甚衆，所謂前洞也。由山以上五、六里，有穴窈然⑬，入之甚寒，問其深，則雖好遊者不能窮⑭也，謂之後洞。余與四人擁火⑮以入，入之愈深，其進愈難，而其見愈奇。有怠而欲出者，曰：「不出，火且盡。」遂與之俱出。蓋予所至，比好遊者尚不能什一，然視其左右⑯，來而記之者已少；蓋其又深，則其至又加少矣。方是時，予之力尚足以入，火尚足以明也。既其出⑰，則或咎其欲出者，而予亦悔其隨之，而不得極夫遊之樂也。

於是予有歎焉：古人之觀於天地、山川、草木、蟲魚、鳥獸，往往有得；以其求思之深，而無不在也⑱。夫夷以近⑲，則遊者衆；險以遠，則至者少；而世之奇偉瑰怪⑳非常之觀，常在於險遠而人之所罕至焉；故非有志者不能至也。有志矣，不隨以止也，然力不足者亦不能至也；有志與力，而又不隨以怠，至於幽暗昏惑㉑，而無物以相之㉒，亦不能至也。然力足以至焉而不至，於人爲可譏，而在己爲有悔；盡吾志也，而不能至者，可以無悔矣，其孰能譏之乎？此予之所得也！余於仆碑，又以悲夫古書之不存，後世之謬其傳而莫能名者，何可勝道㉓也哉！此所以學者不可以不深思而愼取㉔之也。

四人者：廬陵㉕蕭君圭君玉㉖，長樂㉗王回深父㉘，余弟安國平父㉙、安上純父㉚。

至和㉛元年七月某日，臨川王某記。

【註釋】

①**褒禪山**：在安徽省含山縣北八公里許，原名北山，又名華山，風景清幽，地勢險遠。褒，音同

「胞」。

②**浮圖**：亦作浮屠、佛圖，印度梵語「佛陀」之意譯，略稱佛。古云浮屠道，即謂佛道，故又稱僧為浮屠。

③**慧褒**：唐高僧，慕含山縣北山之勝，結廬其下，終年不出，時人莫能測其涯際。圓寂後，葬於山址。

④**舍於其址**：址，地基。舍於其址，謂建屋於此山之地基。

⑤**廬冢**：慧褒之冢，即在其所居之禪院中，故曰廬冢。

⑥**華山之陽**：即華山之南。《穀梁傳》僖公二十八年：「山南為陽。」

⑦**仆道**：傾覆於道旁。

⑧**漫滅**：漫，不分別貌，猶言模糊；滅，消滅。

⑨**獨其為文猶可識曰花山**：只有「花山」等字猶可辨認。

⑩**今言華如華實之華者，蓋音謬也**：本名花山，今言華山，如華實之華，蓋由花、華二音近似而致誤也。

⑪**平曠**：平坦空曠。

⑫**記遊者**：題名於壁，以示曾遊，即下文「來而記之者」。

⑬**窈然**：深遠貌。窈，音同「咬」。

⑭**窮**：盡也。

⑮**擁火**：持火。

⑯**左右**：指洞兩邊之壁上。
⑰**既其出**：其，句中助詞，無義。
⑱**在**：察也。《書經》〈舜典〉：「在璿璣玉衡，以齊七政。」
⑲**夷以近**：夷，平也；言路平坦而不遠也。
⑳**瑰怪**：奇異也。瑰，音同「規」。
㉑**幽暗昏惑**：幽暗，黑暗；昏惑，迷亂。
㉒**相之**：相，音同「巷」，助也。
㉓**何可勝道**：不可勝言。勝，音同「生」，盡也。《孟子》〈梁惠王〉「穀不可勝食也。」
㉔**慎取**：謹慎採擇。
㉕**廬陵**：今江西吉安縣。
㉖**蕭君圭君玉**：蕭君圭，字君玉，生平不詳。
㉗**長樂**：今福建長樂縣。
㉘**王回深父**：王回，字深甫（父音同「甫」），侯官（今林森縣）人。中進士後，爲亳州衛眞縣（今河南鹿邑）主簿，未一歲，棄去，遂終身不復仕。（《臨川集》有王深甫〈墓誌銘〉，亦稱深甫侯官人。）
㉙**安國平父**：安國，字平甫，神宗熙寧元年進士及第，歷官西京國子教授，崇文院校書，秘閣校理。後爲呂惠卿所陷，罷官歸卒。
㉚**安上純父**：安上，字純甫，安石最幼弟，生平不詳。《臨川集》有〈夜夢與和甫別覺而有作因寄純

甫〉詩，注云：「純甫晚以管勾江寧府集禧觀，家居。」

㉛**至和**：宋仁宗年號。

【作者】

王安石，字介甫，號半山，宋撫州臨川（今江西臨川縣）人。生於眞宗天禧五年，卒於哲宗元祐元年（西元一〇二一—一〇八六年），年六十六歲。

安石自幼天資聰穎，好讀書，工爲文。仁宗慶曆二年成進士，歷官鄞縣縣令、舒州通判、提點江東刑獄、三司度支判官、知制誥。神宗熙寧二年任參知政事，四年同中書門下平章事，謀改革政治，行青苗、水利、均輸、保甲、免役等新法，以任呂惠卿等之不當，致新法無效。九年出判江寧府，次年辭判府事，自是稱病不復起。元豐三年封荊國公。哲宗立，加司空，卒謚文。

安石湛深經術，文學昌黎，而拗折刻厲，思想深入，能自成一家，爲唐宋古文八大家之一。詩亦遒峭謹嚴。著有《臨川集》、《周官新義》，編有《唐百家詩選》。

【題解】

本篇爲記敘文。山水遊記大都刻畫景物，而此則以議論入之。作者意在勉人努力貫徹其志向，故借題發揮，以遊褒禪山爲喻，怠者雖有志而隨以止，不能深入，故不得盡洞之奇而極夫遊之樂，以明凡事惟有志與力，而又不隨以怠者，始能至其極，力足以至而不至，則於人爲可譏，在己爲有悔矣。學問之事，尤須篤志精進，鍥而不舍，乃能深造有得。此文眞足發人深省。

【翻譯】

褒禪山，也叫華山，唐朝和尚慧褒起初住在這裏，後來也安葬在這裏，因此，以後的人就把這座山命名叫「褒禪」。現在的慧空禪院，就是慧褒生前所住及死後所葬的地方。距離禪院東邊五里，人們所說的華陽洞，是因爲華山的南面而命名的。距離華陽洞一百多步的地方，有塊石碑倒在路邊，碑文已經模糊不清，只是碑上所刻的字還可以辨識出「花山」兩字。現在人們把「華」讀成「華實」的「華」，大概是字音讀錯了。

山洞下面平坦空曠，有泉山從旁邊流出，在洞壁上題字留念的人很多，這就是人們所說的「前洞」。順著山路向上走五、六里，有個洞幽暗深邃，進入之後感到很冷，問起它的深度，就算那些喜歡遊覽的人也不能走到盡頭，人們稱它爲「後洞」。我和四個人拿著火把進去，進得越深，前進越難，而看到的景物越奇特。有人怠惰而想出洞，他說：「再不出去，火把就要燒完了。」於是大家就和他一起走出。大概說來，我們所到達的地方，比起喜歡遊覽的人，還不到十分之一，然而看山洞的左右兩壁，來到這裏，在上面題字留念的人已經很少。大概那更深的地方，到的人又更少了。當從洞中走出的時候，我的體力還足夠繼續深入，火把也足夠繼續照明。所以我們出洞以後，就有人歸罪那個提議想出來的人，我也後悔自己跟著出來，因而不能盡情享受遊覽的樂趣。

對於這件事，我有些感慨，古人觀察天地、山川、草木、蟲魚、鳥獸，往往有心得，那是因爲他們探求思慮得很深入，而且沒有什麼不加省察的緣故。那平坦而距離近的地方，遊客就多；危險而遙遠的地方，到的人更少。然而世上奇妙雄偉、瑰麗怪異、不同尋常的景象，卻常在危險遙遠、人們很少到達的地方。因此，不是有堅定心志的人是不能到達的。有了堅定的心志，不隨別人停止不前，然而體力不夠的人，也不能到達。有了堅定的心志和體力，而且又能不隨別人懈怠下來，然而在幽深、昏暗、叫人迷亂、不辨方向的地方，如有沒有其他東西幫助，也是不能到達的。然而，體力足以到達卻沒有到達，在旁人看來是可以嘲笑的，而在自己本身也會悔恨。如有盡我的心志去做，卻還不能夠到達的話，也就可以不必後悔了。那麼誰能譏笑我呢？這就是我的心得。

我對於倒在路邊的石碑，又因此而悲傷古書的不能保存。後代的人以訛傳訛而不能說出眞相。這種情形那裏說得完呢？這就是學者不可不深入思考而後謹愼選取的原因。

同遊的四個人是：廬陵人蕭君圭，字君玉；長樂人王回，字深父（甫）；我的弟弟安國，字平父（甫）；安上，字純父（甫）。

至和元年，七月某日，臨川縣王安石記。

義田記

錢公輔

【原文】

范文正公①，蘇人也，平生好施與，擇其親而貧、疏而賢者，咸施之。

方貴顯時，置負郭②常稔之田③千畝，號曰義田，以養濟群族之人。日有食，歲有衣，嫁娶婚葬，皆有贍④。擇族之長而賢者主其計⑤，而時其出納焉⑥。日食人一升，歲衣人一縑⑦，嫁女者五十千⑧，再嫁者⑨三十千，娶婦者三十千，再娶者⑩十五千，葬者如再嫁之數，葬幼者十千。族之聚者九十口，歲入稉稻八百斛⑪；以其所入，給其所聚，沛然⑫有餘而無窮。仕而家居俟代者與焉⑬；仕而居官者罷其給。此其大較⑭也。

初，公之未貴顯也，嘗有志於是矣，而力未逮者三十年。既而爲西帥⑮，及參大政⑯，於是始有祿賜之入，而終其志。公既歿，後世子孫修其業，承其志，如公之存也。公既位充⑰祿厚，而貧終其身。歿之日，身無以爲斂⑱，子無以爲喪，惟以施貧活族之義，遺其子而已。

昔晏平仲⑲敝車羸馬⑳，桓子㉑曰：「是隱㉒君之賜也。」晏子曰：「自臣之貴，父之族，無不乘車者；母之族，無不足於衣食者；妻之族，無凍餒者；齊國之士，待臣而舉火者，三百餘人。如此而爲隱君之賜乎？彰君之賜乎？」於是齊侯㉓以晏子之觴而觴桓子㉔。予嘗愛晏子好仁㉕，齊侯知賢，而桓子服義㉖也。又愛晏子之仁有等級，而言有次也；先父族，次母族，次妻族，而後及其疏遠之賢。孟子曰：「親親而仁民，仁民而愛物。」晏子爲近之。觀文正之義，賢於平仲，其規模遠舉㉗，又疑過之。

嗚呼！世之都㉘三公㉙位，享萬鍾祿㉚，其邸第㉛之雄㉜，車輿之飾，聲色之多，妻孥之富，止乎一己，而族之人不得其門而入者，豈少哉？況於施賢乎！其下爲卿大夫，爲士，廩稍㉝之充，奉養之厚，止乎一己；族之人瓢囊爲溝中瘠者㉞，豈少哉？況於他人乎！是皆公之罪人也。公之忠義滿朝廷，事業滿邊隅，功名滿天下，後必有史官書之者，予可略也。獨高其義，因以遺於世云。

【註釋】

①**范文正公**：范仲淹，字希文，宋蘇州吳縣（今江蘇省吳縣）人，累官參知政事，卒謚文正。

②**負郭**：謂靠近外城之地。郭，外城。

③**常稔之田**：爲土質肥沃，經常豐收之田。稔，音同「忍」，穀熟。

④**贍**：音同「善」，補助、津貼之意。

⑤**主其計**：掌管資金之調配。

⑥**時其出納**：適時辦理財務收付事項。

⑦**一縑**：一疋絹。

⑧**五十千**：錢五萬。宋有鐵錢、銅錢多種，太平興國四年，鐵錢十，值銅錢一。銅錢奇缺，此當指鐵錢。

⑨**再嫁者**：指嫁次女者。

⑩**再娶者**：指娶次媳者。

⑪**斛**：音同「胡」，量器名，古一斛容十斗。

⑫**沛然**：充裕貌。

⑬**仕而家居俟代者與焉**：曾經出仕，現在解職在家，等待新職的人，亦給予救濟。代，更替，此謂新

職。與，音同「預」，參列其中。

⑭**大較**：同大概。

⑮**為西帥**：宋仁宗慶曆二年，范仲淹出任陜西路安撫經略招討使，屯兵禦夏，保衛西陲，因稱西帥。

⑯**參大政**：慶曆三年，范仲淹任參知政事。

⑰**位充**：猶言位高。充，高也。

⑱**無以為斂**：謂無資買壽衣棺木，辦理入殮之事。爲死者易衣入棺曰斂。今通作殮。

⑲**晏平仲**：春秋時齊大夫，名嬰，字仲，謚曰平。歷相靈公、莊公、景公三朝。

⑳**敝車羸馬**：敝，破舊。羸，音同「雷」，瘦弱。

㉑**桓子**：即陳無宇，齊大夫，事景公，謚曰桓。

㉒**隱**：隱藏不使人知。

㉓**齊侯**：即齊景公，莊公弟，名杵臼。

㉔**以晏子之觴而觴桓子**：上觴字爲名詞，酒杯。下觴字作動詞用，進酒之意。此謂罰桓子飲酒。

㉕**好仁**：此謂以自己之財物，分潤別人，使人不受飢凍。

㉖**服義**：此謂承認人是己非，並能心悅誠服。

㉗**規模遠舉**：謂范文正公建立的義田制度，可以行之久遠。舉：推行。

㉘**都**：猶居也。見《漢書》〈東方朔傳〉注。

㉙**三公**：古時以太師、太傅、太保爲三公；西漢以大司馬、大司徒、大司空爲三公；東漢以太尉、司徒、司空爲三公。亦稱三司。

㉚**萬鍾祿**：極言俸祿之多。鍾，古量器，容六斛四斗。

㉛**邸第**：此指高官住宅。

㉜**雄**：閎偉富麗。

㉝**廩稍**：原爲國家養士之公糧，此指官吏之俸祿。

㉞**瓢囊為溝中瘠者**：謂手執水瓢或乾糧袋，向人行乞，往往餓斃，填屍溝壑之中。《荀子》〈榮辱篇〉：「操瓢囊爲溝壑中瘠者也。」操瓢囊，喻行乞者。瓢，盛水器。囊，乾糧袋。瘠，假爲胔。胔，音同「自」，肉腐也。此謂腐爛之屍體。

【作者】

錢公輔，字君倚，宋常州武進（今江蘇省武進縣）人，生於仁宗天聖元年，卒於神宗熙寧七年（西元一〇二三－一〇七四年），年五十二。

公輔少從胡瑗學，有名於吳。登進士甲科，仁宗朝，歷任戶部判官、知制誥等職。正直敢言。英宗即位，擢王疇爲副樞密使，公輔謂疇素望淺，不草制；帝以初臨朝，始用大臣，而公輔格之，遂謫爲滁州（今安徽省滁縣）團練使。神宗立，復知制誥，旋知諫院。嘗至中書白事，富弼謂曰：「上求治如飢渴，正賴君輩同心以濟。」公輔曰：「朝廷所爲是，天下誰敢不同？所爲非，公輔欲同之，不可得已。」後王安石當政，公輔多掣其肘，遂罷諫職，出知江寧府。東坡言其「帶規矩而蹈繩墨，佩芝蘭而服明月」。其人品之高潔，概可想見。

【題解】

本文選自《宋文鑑》。

范文正公以其祿賜之入，購置義田，周濟親族，而自奉甚薄，一如貧士。錢氏高其風義，作本文以記之，使後世有所取則焉。文分五段：首段敘范氏籍貫，及其好施與，冒起下文；次段敘范氏購置義田之經過，及施行之法；三段敘范氏厚人薄己，及其子孫克繼其志之情形；四段敘晏平仲之好施，作陪襯，以見范公賢於晏子；五段譏彈達官顯宦，擁財自奉，罔顧人飢之非是，遙映范公輕財重義之可風。

【翻譯】

范文正公，是蘇州人氏。平生樂善好施，選擇貧困的親族、疏遠的賢人，都給予救助。

當他富貴顯達時，購買了靠近外城常年豐收的良田一千畝，名為「義田」，用來贍養救濟同族的人。每天有飯吃，每年有衣服穿，遇到嫁女兒、娶媳婦、結婚、喪葬等，都有津貼。他選擇家族中賢明的長者，掌管資金的調配，適時收付財物。每人每天一升米，每年一匹絹；嫁女兒的給五萬錢，第二次嫁女兒給三萬錢；第一次娶媳婦的給三萬錢，第二次的給一萬五；喪事比照第二次嫁女的數目，小孩喪事一萬。族人聚居在此的有九十名，義田每年可收入稻穀八百斛；拿義田的收入，供給那些聚居的族人，非常充裕，有剩餘而且無窮盡。曾經做官，但目前解職在家等待新職的人，也給予救濟；已經出仕爲官的人，就停止供給。這就是義田的大概情形。

當初，文正公還沒有富貴顯達的時候，就已經有救世濟貧的志向，可是三十年來一直沒有力量辦到。直到擔任陝西經略使、參知政事等高位，才有豐裕的俸祿和賞賜的收入，來完成他的心願。文正公去世以後，他的子孫繼續他的事業，繼承他的遺志，就像他在世的時候一樣。文正公雖然官位很高，俸祿優厚，卻貧窮了一輩子。去世的時候，竟然沒有適當的壽衣棺木入殮，子孫也沒有錢來爲他辦理喪事，他遺留給子孫的只有周濟窮人和養活族人的高義而已。

從前齊國大夫晏平仲乘坐由瘦馬所拉的破車，齊國大夫桓子說：「這是隱藏了國君的賞賜。」晏子說：「自從我顯貴以後，父親的族人，沒有不乘車的；母親的族人，沒有不豐衣足食的；妻子的族人，沒有受凍挨餓的；齊國的讀書人等著我接濟才能生火做飯的有三百多人。這樣算是隱藏國君的賞賜呢？還是彰顯了國君的賞賜呢？」於是齊侯就用晏子的酒杯，罰桓子喝酒。我曾經敬佩晏子好行仁道，齊侯能識別賢人，桓子能服膺義理。更喜愛晏子行仁時能適當區分親疏的等級，說話又有次序。先是父族，其次母族，再次是妻族，然後才推及關係疏遠的賢士。孟子說過：「先親愛親人，然後仁愛百姓，仁愛百姓，然後愛惜萬物。」晏子的行事接近孟子的說法。如今看看范文正公的義行，又比晏平仲更高明，它的制度規模可長久施行，又似乎超過晏子了。

唉！世上那些高居三公之位，享受萬鍾俸祿的人，他們官邸宏偉，車馬裝飾華麗，音樂女色繁多，妻妾兒女生活富裕，但享受只限於自身；親族中連他家大門都進不去的這種人，難道會少嗎？何況是周濟關係疏遠的賢士呢？三公下面那些擔任卿大夫、士的人，俸祿豐厚，生活富裕，卻也只限於一己享受；親族中人拿著瓢、囊行乞，最後餓死溝中的，難道會少嗎？何況要他救濟別人呢！這些都是愧對范文正公的人呀。文正公的忠義風範滿朝敬重，戰功惠及整個邊境，功績名望傳遍天下，這一切後代必有史官詳細記錄，我可以略而不提。我特別推崇他的高義，因此寫下這篇文章，讓這個事蹟流傳於後世。

教戰守策

蘇軾

【原文】

夫當今生民之患，果安在哉？在於知安而不知危，能逸而不能勞。此其患不見於今，而將見於他日。今不爲之計，其後將有所不可救者。

昔者先王知兵之不可去也，是故天下雖平，不敢忘戰。秋冬之隙，致民田獵以講武①，教之以進退坐作②之方，使其耳目習於鐘鼓旌旗③之間而不亂，使其心志安於斬刈④殺伐⑤之際而不慴⑥。是以雖有盜賊之變，而民不至於驚潰。

及至後世，用迂儒⑦之議，以去兵爲王者之盛節⑧。天下既定，則卷甲⑨而藏之。數十年之後，甲兵損敝，而民日以安於佚⑩樂；卒⑪有盜賊之警，則相與恐懼訛言⑫，不戰而走。開元、天寶⑬之際，天下豈不大治？惟其民安於太平之樂，酣豢⑭於遊戲酒食之間；其剛心勇氣，銷耗鈍眊⑮，痿蹶⑯而不復振。是以區區之祿山一出而乘之⑰，四方之民，獸奔鳥竄，乞爲囚虜之不暇，天下分裂，而唐室因以微矣。

蓋嘗試論之：天下之勢，譬如一身。王公貴人所以養其身者，豈不至哉？而其平居常苦於多疾。至於農夫小民，終歲勤苦，而未嘗告病，此其故何也？夫風雨霜露寒暑之變，疾之所由生也。農夫小民，盛夏力作，窮冬⑱暴露，其筋骸之所衝犯，肌膚之所浸漬⑲，輕霜露而狎風雨，是故寒暑不能爲之毒⑳。今王公貴人，處於重屋㉑之下，出則乘輿，風則襲裘㉒，雨則御蓋㉓。凡所以慮患之具，莫不備至。畏之太甚，而養之太過，小不如意，則寒暑入之矣。是以善養身者，使之能逸能勞；步趨動作，使其四體㉔狃㉕於寒暑之變；然後可以剛健強力，涉險而不傷。夫民亦然。

今者治平之日久。天下之人，驕惰脆弱，如婦人孺子，不出於閨門㉖。論戰鬥之事，則縮頸而股慄㉗；聞盜賊之名，則掩耳而不願聽。而士大夫亦未嘗言兵，以爲生事擾民，漸不可長㉘。此不亦畏之太甚，而養之太過歟？

且夫天下固有意外之患也。愚者見四方之無事，則以爲變故無自而有，此亦不然矣。今國家所以奉西北之虜者㉙，歲以百萬計。奉之者有限，而求之者無厭㉚，此其勢必至於戰。戰者必然之勢也。不先於我，則先於彼；不出於西，則出於北。所不可知者，有遲速遠近，而要以不能免也。

天下苟不免於用兵，而用之不以漸，使民於安樂無事之中，一旦出身而蹈死地，則其爲患必有所不測。故曰：天下之民，知安而不知危，能逸而不能勞，此臣所謂大患也。臣欲使士大夫尊尚武勇，講習兵法；庶人之在官者，教以行陣之節㉛；役民之司盜者，授以擊刺之術；每歲終則聚於郡府，如古都試之法㉜，有勝負，有賞罰，而行之既久，則又以軍法從事。然議者必以爲無故而動民，又撓以軍法，則民將不安，而臣以爲此所以安民也。天下果未能去兵，則其一旦將以不教之民而驅之戰。夫無故而動民，雖有小怨，然孰與夫一旦之危哉？

今天下屯聚之兵，驕豪而多怨，陵壓百姓，而邀㉝其上者，何故？此其心，以爲天下之知戰者，惟我而已。如使平民皆習於兵，彼知有所敵，則固以破其奸謀，而折其驕氣。利害之際，豈不亦甚明歟？

【註釋】

①**致民田獵以講武**：致民，招集人民也。田亦獵也。《周禮》大司馬之職：「仲春，教振旅，……遂以蒐田」；「仲夏，教茇舍，……遂以苗田」；「仲秋，教治兵，……遂以獮田」；「仲冬，教大閱，……遂以狩田。」皆致民田獵講武也。

②**坐作**：作，起也。《周禮》大司馬之職：「仲春教振旅，……以教坐作進退疾徐疏數之節。」

③**鐘鼓旌旗**：鐘鼓旌旗，皆所以爲軍中號令。《孫子》〈軍爭〉第七：「言不相聞，故爲鼓鐸；視不相見，故爲旌旗：所以一人之耳目也。」《左傳》成公二年：「師之耳目，在吾旗鼓，進退從之。」

④**刈**：音同「亦」，斷也，殺也。

⑤**伐**：擊也，亦斫也。

⑥**慴**：音同「哲」，恐怖也。

⑦**迂儒**：昧於通變之儒者。

⑧**盛節**：猶言美德。

⑨**卷甲**：卷亦作捲，收也，藏也。謂收藏甲兵而不用也。

⑩**佚**：與逸通。

⑪**卒**：同猝。

⑫**訛言**：訛，音同「娥」，謊言。

⑬**開元天寶**：並唐玄宗年號。

⑭**豢**：音同「幻」，養也。

⑮**眊**：音同「茂」，不明貌。

⑯**痿蹶**：痿，音同「偉」，痹溼病不能行也。蹶，音同「決」，僵也。

⑰**祿山一出而乘之**：安祿山，唐營州柳城胡人，忮忍多智，張守珪拔爲偏將；玄宗時擢節度使，兼平

盧、范陽、河東三鎭，大加寵信。祿山厚結貴妃楊氏，自請爲妃養兒，帝許之，由是逆謀日熾。尋與楊國忠有隙，舉兵反，陷長安，玄宗幸蜀避難。後祿山爲其子慶緒所弒。當祿山初反時，海內久承平，百姓累世不識兵革，猝聞范陽兵起，遠近震駭，或開門出迎，或棄城竄匿，或爲所擒戮，無敢拒之者。

⑱**窮冬**：窮，極也。窮冬謂季冬之月。

⑲**浸漬**：受水而溼透。漬，音同「字」。

⑳**毒**：害也。

㉑**重屋**：謂二重之屋也。《說文》訓樓爲重屋。

㉒**襲裘**：凡衣加於外曰襲。皮衣曰裘。以皮衣加於外曰襲裘。

㉓**御蓋**：御，進用也。蓋，傘也。

㉔**四體**：四肢也。《孟子》〈離婁〉：「士庶人不仁，不保四體。」

㉕**狃**：音同「紐」，習也。

㉖**闥門**：內室之門也。

㉗**股慄**：畏懼之甚，足股戰栗也。

㉘**漸不可長**：漸，徐進也；凡由淺入深，由近及遠，皆謂之漸。此句言生事擾民之端，不可使其由漸而長成也。長，音同「掌」。

㉙**西北之虜**：西指西夏，北指契丹。

㉚**無厭**：不足也。厭，音同「彥」，俗作饜，飽也，足也。《左傳》隱公元年：「姜氏何厭之有？」

㉛**行陣之節**：謂軍旅中行陣之法度也。

㉜**古都試之法**：漢制：材官（武弁）騎士常以秋後肄習課試，故韓延壽守東郡，行都試之法，以修武備。事見《漢書》〈韓延壽傳〉。

㉝**邀**：要求、要脅之意。

【作者】

蘇軾，字子瞻，自號東坡居士，宋眉州眉山（今四川省眉山縣）人，生於仁宗景祐三年，卒於徽宗建中靖國元年（西元一〇三六—一一〇一年），年六十六。

東坡博學高才，嘉祐中，試禮部，歐陽修擢置第二，曰：「吾當避此人出一頭地。」對策入三等。簽書鳳翔府判官。召直史館。熙寧中，王安石創行新法。軾上書論其不便，安石怒，使御史謝景溫論奏其過，窮治無所得。軾遂請外，通判杭州。再徙知湖州。言官摭其詩語以爲訕謗。逮赴臺獄，欲置之死，鍛鍊久不決。以黃州團練副使安置，移汝州。元祐中，累官翰林學士兼侍讀。旋出知杭州，召爲翰林承旨，歷端明殿翰林侍讀兩學士。紹聖元年，貶寧遠軍節度副使，惠州安置，累貶瓊州別駕。元符二年赦還，提舉玉局觀，復朝奉郎。北歸，卒於常州。謚文忠。

東坡天才高妙，嘗自謂：「作文如行雲流水，初無定質，但常行於所當行，止於所不可不止。雖嬉笑怒罵之辭，皆可書而誦之。」有《易傳》、《書傳》、《論語說》、《仇池筆記》、《東坡志林》、《東坡全集》、《東坡詞》等凡數百卷，又善書，兼工繪事。

【題解】

策爲文體之一，屬應用文，而性質則爲論說文。漢代應試陳言，謂之對策，後世亦有著策上進者，謂之進策。蘇軾於宋仁宗朝，應制科時，進時務策二十餘篇，皆有關政治、經濟、教化、軍事之大計，此篇即其一也。此策力言國家在承平時，必須教民習於戰守軍旅之事，蓋必能處「平時如戰時」，而後可應萬變而不變，其精識遠見，固歷久而逾新也。

【翻譯】

談到目前百姓令人憂患的事，究竟在哪裏呢？就是在只知安樂而不知危險，只能享受逸樂而不能承受勞苦。這種憂患目前尚未顯現，將來就會出現。現在不早點想辦法，將來會演變到無法挽救的地步。

從前賢明的君主知道軍備不可以廢除，因此天下雖然太平，也不敢忽略備戰。在秋冬農閒的時候，就召集人民狩獵以練習武藝，教他們前進、後退、跪下、起立等基本動作，使他們耳朵聽慣了作戰的鐘鼓聲，眼睛看慣了軍隊的旌旗標幟，不會臨陣慌亂，使他們的心志能安於征戰斬殺的情況而不會感到害怕，因此雖然有盜賊的變亂，人民也不至於驚慌逃散。

到了後世，採用昧於通變的儒者的主張，把解除武備當作是帝王的美德。天下平定後，就把兵器收起來。幾十年後，鎧甲破損，兵器鈍了，而人民因爲習慣於天天享受安逸的生活，突然有盜賊的警報，就互相害怕著散布謠言，不交戰就逃走了，唐朝開元、天寶年間，天下不是很太平嗎？就是因爲人民習慣於享受太平安樂，沉迷於遊戲吃喝當中；他們剛強的意志、勇敢的氣魄，日漸耗損衰竭，委靡痲痺，再也振作不起來。所以一個小小的安祿山，一出來就利用了這個時機，起兵造反，全國人民，像鳥獸一樣亂奔亂竄，請求做叛賊的俘虜囚犯還怕來不及，天下四分五裂，唐朝也就因此衰弱了。

我曾經評論過這件事，天下的局勢就像人的身體一樣。王公貴人保養自己的身體，難道不周到嗎？可是他們平時卻以多病爲苦。至於農夫老百姓，整年勤勉辛苦工作，卻不曾稱說有病痛，這是什麼緣故呢？風雨霜露寒冷暑熱的變化，是疾病產生的根源。農夫百姓在夏季最炎熱的時候努力工作，嚴寒的冬天也暴露在野外，他們的身體受到衝擊侵犯，肌膚長久以來已浸潤出韌力，不在乎霜露風雨，因此冷熱也就不能危害到他們。現在的王公貴人們，住在樓房裏，出門就坐車，颳風就外加皮衣，下雨就撐傘。所有用來預防患病的工具，沒有不齊備的。對風雨過於畏懼，對身體保養得太過分，稍微不注意，寒氣暑氣就侵入身體了；所以，會保養身體的人，要使他能享受安逸，也能承受勞苦，行走活動，使他們的四肢習慣於冷熱的變化；然後才能夠剛健有力，遇到危險也不致損傷。

現在太平的日子過得久了，天下的人驕奢怠惰而脆弱，像婦女小孩一般，連內室之門都不出。講到戰鬥的事，就嚇得縮著脖子兩腿發抖；聽到盜賊的名字就摀著耳朵不願意聽。而朝中的士大夫也不曾談論兵事，認爲是無故生事，干擾人民生活，不能讓它逐漸蔓延擴大。這豈不是怕得太厲害，保養得太過分嗎？

再說天下本來就會有意外的災禍。見識短淺的人看見天下太平無事，就以爲變故無從發生，這種想法也是不對的！現在國家供奉西夏和寮國的物品，每年以百萬計算。供奉的能力有限，可是對方貪求的心理卻永遠不滿足，這種情勢一定會發展到戰爭的地步。戰爭是必然的情勢，不是由我方先發動，就是對方先發動；不是由西邊的西夏發生，就是由北邊的遼國發生。所不能預知的，只是時間的早晚，地點的遠近，總之，戰爭是免不了的。

天下如果不能避免用兵，而又不能以循序漸進的方式對百姓進行軍事訓練，使得人民在安樂無事的生活裏，忽然要他們冒生命的危險與敵人作戰，所造成的禍患就無法預測了。所以說，天下的人民，知道平安而不知道危險，能享受安樂而不能承受勞苦，這就是我說的大憂患啊！我主張讓士大夫重視武事，講習用兵之法；在官府做事的一般平民，教他指揮軍隊、布列陣勢的法度；受徵召服勤而負責捕捉盜賊的人民，教他擊刺的技術；每年年底就聚集在郡府，像古時候總檢閱考校武藝的辦法一樣，分勝敗、定賞罰，等實行久了，就依軍法的規定實施賞罰。可是議論的人一定認爲無故勞動人民，又用軍法來驚嚇他們，人民將會感到不安；可是我認爲這正是用來安民的呀。天下終究不能免除戰爭，那麼戰爭忽然發生時，必將以未經過訓練的百姓強迫他們去做戰了。平日無故勞動人民，雖會引起小恐慌，但與令他們突然遭受危險相比，何者較好呢？

現在天下聚集駐紮的軍隊，驕傲強橫而多怨言，欺凌壓迫百姓，又要脅長官，這是什麼緣故呢？這是因爲他們心裏以爲天下懂得作戰的只有我們而已。如果使人民都熟習兵事，讓軍隊知道有知戰的人民可以和他們相匹敵，就一定可以破除他們的奸謀，挫損他們的驕傲氣燄。這樣一來利與害之間的分別，難道不是很明顯嗎？

赤壁賦

蘇軾

【原文】

壬戌①之秋，七月既望②，蘇子與客泛舟遊於赤壁③之下。清風徐來，水波不興。舉酒屬客④，誦明月之詩，歌窈窕之章⑤。少焉，月出於東山之上，徘徊於斗牛之間⑥。白露橫江，水光接天。縱一葦之所如⑦，凌萬頃⑧之茫然。浩浩乎如憑虛御風⑨而不知其所止，飄飄乎如遺世獨立羽化而登仙⑩。

於是飲酒樂甚，扣舷⑪而歌之。歌曰：「桂棹兮蘭槳⑫，擊空明兮泝流光⑬。渺渺⑭兮予懷，望美人兮天一方⑮。」客有吹洞簫者⑯，倚歌而和⑰之，其聲嗚嗚然⑱：如怨、如慕、如泣、如訴；餘音嫋嫋⑲，不絕如縷。舞幽壑之潛蛟，泣孤舟之嫠婦⑳。

蘇子愀然㉑，正襟危坐㉒而問客曰：「何爲其然也㉓？」

客曰：「『月明星稀，烏鵲南飛』，此非曹孟德之詩㉔乎？西望夏口㉕，東望武昌㉖；山川相繆㉗，鬱乎蒼蒼㉘。此非孟德之困於周郎㉙者乎？方其破荊州，下江陵㉚，順流而東也，舳艫㉛千里，旌旗蔽空，釃㉜酒臨江，橫槊賦詩㉝，固一世之雄也，而今安在哉！況吾與子，漁樵於江渚㉞之上，侶魚蝦而友麋鹿；駕一葉之扁舟㉟，舉匏樽以相㊱屬；寄蜉蝣㊲於天地，渺滄海之一粟。哀吾生之須臾，羨長江之無窮。挾飛仙以遨遊，抱明月而長終㊳。知不可乎驟得，託遺響於悲風㊴。」

蘇子曰：「客亦知夫水與月乎？逝者如斯，而未嘗往㊵也；盈虛者如彼，而卒莫消長㊶也。蓋將自其變者而觀之，則天地曾不能以一瞬；自其不變者而觀之，則物與我皆無盡也。而又何羨乎？且夫天地之間，物各有主。苟非吾之所有，雖一毫而莫取。惟江上之清風，與山間之明月，耳得之而爲聲，目遇之而成色。取之無禁，用之不竭。是造物者之無盡藏㊷也，而吾與子之所共適。」

客喜而笑，洗盞更酌。肴核既盡，杯盤狼藉㊸。相與枕藉㊹乎舟中，不知東方之既白。

【註釋】

①**壬戌**：宋神宗元豐五年，歲次壬戌（西元一〇八二年）。王宗稷《東坡年譜》云：「元豐五年，先

生年四十七，在黃州，七月遊赤壁，有〈赤壁賦〉。」

②**既望**：《書》〈召誥〉：「惟二月既望。」《集傳》：「既望，十六日也。」按：望，月滿之名也。農曆月大，在十六日；月小，在十五日。日在東，月在西，遙相望也。

③**赤壁**：元豐六年，東坡自書〈後赤壁賦〉後云：「江漢之間，指赤壁者，三焉：一在漢水之側，竟陵之東，即復州；一在齊安之步下，即黃州；一在江夏之西南一百里，今屬漢陽縣。」元胡仔《苕溪漁隱叢話》斷謂江夏西南一百里之赤壁，爲曹公敗處。今屬湖北嘉魚縣。東坡所遊赤壁，據沈復《浮生六記》云：「在黃州漢川門外，屹立江濱，截然如壁，石皆絳色，故名。《水經》所謂赤鼻山是也。」

④**屬客**：勸客。屬，音同「主」。

⑤**誦明月之詩，歌窈窕之章**：明月之詩，或謂指《詩》〈陳風．月出篇〉：「月出皎兮，佼人僚兮，舒窈糾兮，勞心悄兮。」東坡據首句言，遂以「明月」名篇。窈窕之章，指〈月出篇〉首章。窈糾猶窈窕，皆疊韻，或借窈窕爲窈糾耳。按：皎，月光也。佼人，美人也。僚，好貌。

⑥**月出於東山之上，徘徊於斗牛之間**：斗、牛皆二十八宿中之星宿名。張爾歧《蒿庵閒話》：「張知命云：『七月日在鶉尾，望時日月相對，月當在陬訾。斗、牛二宿在星紀，相去甚遠，何緣徘徊其間？坡公於象緯未嘗留心，臨文乘快，不復深考耳。』」按：鶉尾、陬訾、星紀，皆星次名。

⑦**縱一葦之所如**：《詩》〈衛風．河廣〉：「誰謂河廣？一葦杭之。」葦，蒹葭之屬。杭，渡也。一葦，謂一束葦，借喻爲小舟。所如，所往也。

⑧**凌萬頃**：凌，駕也。百畝曰頃；萬頃，極言其廣。

⑨**馮虛御風**：馮，音義同憑。虛，天空也。御風，猶言乘風。《莊子》〈逍遙遊〉：「夫列子御風而行，泠然善也。旬有五日而後反。」

⑩**遺世獨立，羽化而登仙**：遺世，遺棄俗世也。《抱朴子》〈對俗篇〉：「古之得仙者，或身生羽翼，變化飛行。」《楚辭》〈遠遊〉：「美往世之登仙。」

⑪**扣舷**：扣，擊也。舷，船之兩邊。

⑫**桂棹兮蘭槳**：棹，櫂之或字，音同「兆」。《釋名》〈釋船〉：「在旁撥水曰櫂。」槳，楫屬。《楚辭》〈九歌．湘君〉：「桂櫂兮蘭枻。」枻（音同「意」），亦楫也。

⑬**擊空明兮泝流光**：空明，指月在水中；泝，音同「素」，逆水上行；流光，月光隨波流動。曹植〈七哀詩〉：「明月照高樓，流光正徘徊。」

⑭**渺渺**：遠也。

⑮**望美人兮天一方**：美人，意中之人，或指國君。《楚辭》〈九章．思美人〉王注：「思念其君，不能自達。」一方，猶言一邊。

⑯**客有吹洞簫者**：洞簫，長簫無底者。客，楊世昌也。東波〈次韻孔毅父久旱已而甚雨〉詩施元之注：「先生爲楊道士書一帖云：『僕謫居黃岡，綿竹武都山道士楊世昌子京，自廬山來過余』云云。又一帖云：「十月十五日夜，與楊道士泛舟赤壁，飲醉，夜半有一鶴，自江南來，翅如車輪，戛然長鳴，掠余舟而西，不知其爲何祥也。聊復記云。』」清趙翼《陔餘叢考》云：「吳匏庵詩：『西飛一鶴去何祥，有客吹蕭楊世昌。當日賦成誰與注，數行石刻舊曾藏。』據此，則客乃楊世昌也。」又云：「按東波〈次孔毅父韻〉詩：『不如西州楊道士，萬里隨身祇兩膝。沿流

不惡泝亦佳，一葉扁舟任飄忽。夜來飢腸如轉雷，旅愁非酒不可開。楊生自言識音律，洞簫入手輕且哀。』則世昌之善吹簫可知。」

⑰**倚歌而和**：謂依歌聲而吹簫。

⑱**嗚嗚然**：狀簫聲。

⑲**嫋嫋**：狀簫聲之悠然搖曳。

⑳**舞幽壑之潛蛟，泣孤舟之嫠婦**：使深壑中潛藏之蛟龍舞動，使孤舟之孀婦為之下泣。皆言簫聲令聽者感動也。

㉑**愀然**：愀，音同「巧」，又音「久」。愀然，容色變也。

㉒**危坐**：危，直也。危坐，謂直身端坐。

㉓**何為其然也**：然，如此也。謂簫聲何以如此其悲感也。

㉔**曹孟德之詩**：《文選》曹操〈短歌行〉：「月明星稀，烏鵲南飛，繞樹三市，無枝可依。」

㉕**夏口**：有二說：一指今之漢口；一謂唐以後言夏口者，多指江南夏口城，在今湖北武昌縣西黃鵠山上。

㉖**武昌**：今湖北武昌縣。

㉗**繆**：音同「謬」，又音「謀」，纏繞也。

㉘**鬱乎蒼蒼**：猶言鬱鬱蒼蒼。

㉙**周郎**：指周瑜。郎，少年男子之稱。《吳志》〈周瑜傳〉：「瑜字公瑾，廬江舒人也。建安三年，瑜年二十四，吳中皆呼為周郎。又建安十三年，孫權遣周瑜及程普等與劉備并力逆操。遇於赤

壁，操大敗。」

㉚**破荊州下江陵**：荊州，今湖北襄陽縣。江陵，今湖北江陵縣。建安十三年，荊州刺史劉表卒，曹操至新野，表子琮，舉州降。劉備奔江陵，操追至當陽，幾及之。備走夏口，操進兵江陵，順流東下。

㉛**舳艫**：船尾曰舳（音同「竹」），船首約艫（音同「盧」）。

㉜**釃**：音同「司」，以簁漉酒而去其槽也。此處謂酌酒。

㉝**橫槊賦詩**：槊，音同「朔」，同矟，古兵器，矛長丈八謂之槊。元稹〈唐故工部員外郎杜君墓誌銘〉云：「曹氏父子，鞍馬間爲文，往往橫槊賦詩。」

㉞**渚**：小洲。

㉟**扁舟**：小舟也。

㊱**匏樽**：以匏爲樽也。

㊲**蜉蝣**：小蟲名。《詩》〈曹風．蜉蝣〉毛傳：「蜉蝣，渠略也，朝生夕死。」孔疏引陸璣疏：「蜉蝣似甲蟲，有角，大如指，長三四寸，甲下有翅能飛，夏月陰雨時地中出。」

㊳**挾飛仙以遨遊，抱明月而長終**：此指長江之無窮，與飛仙遨遊，與明月相終始也。

㊴**託遺響於悲風**：遺響，餘音也。客言感人生之短促，故寄悲怨於簫聲。

㊵**逝者如斯，而未嘗往**：如斯，指江水。《論語》〈子罕〉：「子在川上曰：『逝者如斯夫，不舍晝夜！』」此言水雖似流轉不停，而本體實未嘗變動。東坡深解佛理，故其言如此。

㊶**盈虛者如彼，而卒莫消長**：如彼，指月。言月雖似有盈虛圓缺，而終未嘗增減。《金剛經》云：

「是諸法空相，不生不滅，不增不減。」

㊷**造物者之無盡藏**：造物者，謂創造萬物者，指天也。《莊子》〈大宗師〉注：「造化萬物，故曰造物。」藏，音同「臟」；無盡藏，無盡之府庫也。《華嚴探玄記》：「出生業用無窮，故曰無盡藏。」風月任人取用而不竭，故曰「造物者之無盡藏」。

㊸**狼藉**：散亂也。《通俗編》引《蘇氏演義》云：「狼藉草而臥，去則滅亂，故凡物之縱橫散亂者，謂之『狼藉』。」

㊹**枕藉**：謂睡臥。坐臥其上曰藉。

【作者】

蘇軾，見本書第60頁〈教戰守策〉作者簡介。

【題解】

本篇爲抒情文之辭賦類。東坡有前後〈赤壁賦〉，此其前篇。孫劉破曹之赤壁，本在湖北嘉魚縣東北江濱；東坡所遊者，則爲湖北黃岡縣城外之赤鼻磯。東坡〈與范子豐尺牘〉云：「黃州少西，山麓斗入江中，石色如丹。傳云，曹公敗所，所謂赤壁者；或曰：非也。時曹公敗歸華容，路多泥濘，使老弱先行，踐之而過。曰：『劉備智計過人，而見事遲，華容夾道皆葭葦，使縱火，則吾無遺類矣！』今赤壁少西，對岸，即華容鎭，庶幾是也。」據此，知東坡不以黃州赤壁爲破曹處甚明。時東坡因言官摘其詩有怨訕語，謫居黃州，與客乘夜泛舟，有感於盛衰消長之理，因作此賦；特借曹瞞周郎事發端，非眞認黃州赤壁爲曹孫戰處。詩家因事起興，往往而然，不可以辭害意也。宋唐子西《語錄》云：「余作〈南征賦〉，或者稱之；然僅與曹大家爭雋耳。惟東坡《赤壁》二賦，一洗萬古，欲髣髴其一語，畢世不可得也。」其傾倒如此。良由東坡胸次浩然，如莊周所謂「上與造物者遊，而下與無死生無終始者爲友」者；故吐語高妙，使讀者作天際眞人想也。

【翻譯】

元豐五年歲次壬戌，秋天，七月十六日，蘇先生和客人划著小船在赤壁下的江面遊覽。清風輕輕吹來，水面不起波紋。拿起酒來勸客人飲酒，吟詠著《詩經・月出》首章的詩句。不久，月亮從東邊山頭升了上來，在群星之間緩緩移動著。白霧瀰漫江面，水天相連成一片。在這煙波浩渺的江面上，任由小舟隨處飄盪。江面無邊無際，彷彿在天空中乘風遨遊，不知道它將要止於何處；心裏飄飄然像脫離塵世超然獨立，身上長了羽翼要飛升成仙了。

這時大家開懷暢飲，敲著船緣當節拍唱起歌來。歌詞是：「用桂木作的棹啊！蘭木做的槳，敲碎了水中的月影，在閃耀的波光中逆水上行。我的心境是如此的悠然邈遠喲，掛念遠在天邊的美人啊！」有位會吹洞簫的客人，和著歌聲吹奏起來，簫聲低沉嗚咽：彷彿在埋怨、在思慕，又好像在低泣、在傾訴；尾音柔細悠揚，像一縷輕絲般在耳中久久不斷；這足以使潛藏在深壑中的蛟龍爲之舞動，使孤舟裏寂寞的寡婦爲之涕泣。

蘇先生爲之動容，神色也變得嚴肅，整理一下衣襟而直身端坐，問客人說：「簫聲爲什麼這樣悲切呢？」

客人說：「『月明星稀，烏鵲南飛』，這不是曹孟德的詩句嗎？從這裏向西望是夏口，向東看是武昌；山環水繞，林木繁盛蒼翠。這不是當年曹孟德被周瑜圍困的地方嗎？當他攻破荊州，進兵江陵，順著江流東下的時候，戰艦綿延千里，軍旗遮蔽了天空；面對著大江飲酒，橫執著長矛吟詩，實在是一代的英雄啊！可是如今卻在哪裏呢？何況我和您像漁人樵夫般，在江中捕魚，在洲上砍柴，和魚蝦作伴，與麋鹿爲友；駕著一艘小船，拿著酒杯彼此勸飲；人的生命短暫得就像寄生在天地間的蜉蝣，個體渺小得如大海中的一粒米粟。我感傷生命的短暫，羨慕長江的無窮無盡；我希望和神仙一起遨遊，能伴隨明月永世長存；但我知道這是不可能驟然得到的，只好把心聲寄託於簫聲，借秋風傳達了。」

蘇先生說：「您也知道江水流逝和月兒盈虧的道理嗎？由現象來看，江水雖然奔流不息，可是水的本體卻不曾變動；月兒表面上雖有圓有缺，可是本體卻始終不曾增減。如果我們從變動的角度來看，那麼天地萬物竟然沒有一瞬間是不變的；反過來從不變的角度來看，那麼萬物和我們都是無窮無盡的，又何必羨慕那水與月呢？再說天地之間，萬物各有它的主人。如果不屬於我的，即使是一絲一毫也不該占爲己有。只有江上的清風和山間的明月，耳朵聽了就是賞心的音樂，眼睛看了就是悅目的景致。隨意取用它無人干涉，享用它也不虞匱乏。這是自然界無窮無盡的寶藏，正是我和您所共享的啊！」

客人聽了高興地笑了，洗淨酒杯後重新斟酒勸飲。吃完了菜餚果品，酒杯餐盤散亂不整。彼此交橫相枕地睡在船上，不知不覺中東方天色已經亮了。

留侯論

蘇軾

【原文】

古之所謂豪傑之士者，必有過人之節①。人情有所不能忍者，匹夫見辱，拔劍而起，挺身而鬥，此不足爲勇也。天下有大勇者，卒然②臨之而不驚，無故加之而不怒。此其所挾持③者甚大，而其志甚遠也。

夫子房受書於圯上之老人④也，其事甚怪；然亦安知其非秦之世，有隱君子者出而試之。觀其所以微見⑤其意者，皆聖賢相與警戒之義；而世不察，以爲鬼物⑥，亦已過⑦矣。且其意不在書。

當韓之亡，秦之方盛也，以刀鋸鼎鑊⑧待天下之士。其平居⑨無罪夷滅⑩者，不可勝數。雖有賁、育⑪，無所復施。夫持法太急者⑫，其鋒不可犯，而其勢未可乘⑬。子房不忍忿忿之心，以匹夫之力而逞於一擊⑭之間；當此之時，子房之不死者，其間不能容髮⑮，蓋亦已危矣。千金之子，不死於盜賊，何者？其身之可愛，而盜賊之不足以死也。子房以蓋世之才，不為伊尹⑯、太公⑰之謀，而特出於荊軻⑱、聶政⑲之計，以僥倖於不死，此圯上之老人所為深惜者也。是故倨傲鮮腆⑳而深折之。彼其㉑能有所忍也，然後可以就大事。故曰：「孺子可教也。」

楚莊王伐鄭㉒，鄭伯㉓肉袒牽羊以逆㉔；莊王曰：「其君能下人㉕，必能信用其民矣。」遂捨之㉖。句（勾）踐之困於會稽，而歸臣妾於吳㉗者，三年而不倦。且夫有報人之志，而不能下人者，是匹夫之剛也。夫老人者，以為子房才有餘，而憂其度量之不足，故深折其少年剛銳之氣，使之忍小忿而就大謀。何則？非有生平之素㉘，卒然相遇於草野之間，而命以僕妾之役，油然㉙而不怪者，此固秦皇之所不能驚㉚，而項籍之所不能怒㉛也。

觀夫高祖㉜之所以勝，而項籍之所以敗者，在能忍與不能忍之間而已矣。項籍唯不能忍，是以百戰百勝，而輕用其鋒；高祖忍之，養其全鋒，以待其弊㉝，此子房教之也㉞。當淮陰破齊而欲自王，高祖發怒，見於詞色㉟。由此觀之，猶有剛強不忍之氣，非子房其誰全之？

太史公㊱疑子房以為魁梧奇偉，而其狀貌乃如婦人女子㊲，不稱㊳其志氣。嗚呼！此其所以為子房歟！

【註釋】

①**過人之節**：謂超過常人之氣度節操。《左傳》成公十五年：「聖達節，次守節，下失節。」

②**卒然**：突然。卒，音同「促」，通「猝」。

③**挾持**：猶言抱負。

④**圯上之老人**：橋上所遇之老人。圯，音同「宜」。下邳人稱橋爲圯，見《史記》〈留侯世家〉〈索隱〉。相傳此橋在今江蘇省邳縣南。據《史記》〈留侯世家〉：張良亡匿下邳時，「嘗閒從容步游下邳圯上，有一老父，衣褐，至良所，直墮其履圯下，顧謂良曰：『孺子下取履！』良愕然，欲毆之，爲其老，彊忍下取履。父曰：『履我！』良業爲取履，因長跪履之。父以足受，笑而去。良殊大驚，隨目之。父去里所，復還，曰：『孺子可教矣。後五日平明，與我會此！』良因怪之，跪曰：『諾。』五日平明，良往，父已先在，怒曰：『與老人期，後，何也？』去曰：『後五日早會！』五日雞鳴，良往，父又先在，復怒曰：『後，何也？』去曰：『後五日復早來！』五日，良夜未半往，有頃，父亦來，喜曰：『當如是。』出一編書，曰：『讀此，則爲王者師矣，後十年興。十三年孺子見我濟北穀城山下，黃石即我矣。』遂去，無他言，不復見。旦日，視其書，乃《太公兵法》也，良因異之，長習誦讀之。」

⑤**微現**：隱約表示。見，音同「現」。

⑥**以為鬼物**：謂視爲鬼怪。《史記》〈留侯世家〉：「子房始所見下邳圯上老父與《太公書》者，後十三年，從高祖過濟北，果見穀城山下黃石，取而葆（通「寶」）祠之。」

⑦**已過**：謂大錯。已，太也。《禮記》〈檀弓上〉：「所知，吾哭諸野。於野則已疏；於寢則已重。」注：「已，猶太也。」

⑧**刀鋸鼎鑊**：皆古代刑具之名。鼎鑊，原爲烹飪器，古代用以烹殺之刑具。《漢書》〈酈食其傳贊〉（食其音同「亦肌」）：「酈生自匿監門，待主然後出，猶不免鼎鑊。」鑊，音同「或」，形似大鼎而無足。

⑨**平居**：平常閒居在家。

⑩**夷滅**：誅滅全族。夷，假借爲刈（音同「亦」），故有「滅」義。

⑪**賁育**：賁，孟賁，周代勇士，能生拔牛角，見《孟子》〈公孫丑〉疏引《帝王世說》。育，夏育，亦周代勇士，能力舉千鈞，見《史記》〈范雎傳〉（雎音同「居」）集解。

⑫**持法太急者**：指秦始皇以嚴刑峻法統治國家。

⑬**乘**：因也，有「利用」之意。

⑭**逞於一擊**：逞，快意。一擊，指得力士於博浪沙以大鐵椎行刺秦始皇之事。

⑮**間不能容髮**：謂相聚極微，中無一髮之間隙；喻形勢之危急也。間，音同「件」，離也。

⑯**伊尹**：名摯，爲殷商賢相。佐湯伐桀，放桀於南巢。湯尊之爲阿衡。湯嫡孫太甲無道，伊尹放之桐宮，乃攝行國事。及太甲悔改，始迎返。卒於帝沃丁時。事見《史記》〈殷本紀〉。

⑰**太公**：本姓姜，後從其封號姓呂，名尙，字子牙。先隱居東海，後西遷。文王出獵，遇於渭水之

濱，相談甚洽。文王贊佩之，曰：「吾太公望子久矣！」故號太公望。後爲周相，佐武王滅商，受封於齊。事見《史記》〈齊太公世家〉。

⑱**荊軻**：戰國時衛人。秦滅韓、趙、魏，兵臨易水，即將滅燕。荊軻爲燕太子丹使，入秦，刺秦王不中，被殺。事見《史記》〈刺客列傳〉。

⑲**聶政**：戰國時軹縣深井里（今河南省濟原縣軹城鎮）人。濮陽嚴仲子與韓相俠累有仇，召求勇士殺之。禮聘聶政，政以老母在堂，不允。後母逝姊嫁，政感恩於知己，於是爲嚴仲子刺殺俠累。事成，自殺。事見《史記》〈刺客列傳〉。

⑳**倨傲鮮腆**：謂傲慢無禮也。倨傲，驕慢不恭。鮮，音同「險」，寡少。腆，音同「舔」，善也。鮮腆，不善，引伸爲無禮之意。

㉑**彼其**：即彼也。其，音同「技」，語助詞。王引之《經傳辭詞》：「其，音記，語助也。」猶言「如果」。

㉒**楚莊王伐鄭**：楚莊王，名旅，春秋時五霸之一。楚莊王伐鄭在周定王十年（西元前五九七年）。事見《左傳》宣公十二年及《史記》〈楚世家〉。

㉓**鄭伯**：指鄭襄王，名墜。

㉔**逆**：迎接。

㉕**下人**：下於人，言謙卑待人。

㉖**捨之**：謂放棄攻伐鄭國。

㉗**歸臣妾於吳**：饋獻臣妾於吳。歸，音同「愧」，通假爲「饋」。

㉘**素**：素交也，謂有故舊之誼。
㉙**油然**：謂自然而然也。《莊子》〈知北遊〉：「油然不形而神。」
㉚**秦皇之所不能驚**：謂秦始皇不能使張良驚懼。
㉛**項籍之所不能怒**：謂項羽不能使張良忿怒。項籍，字羽，起兵滅秦，自立爲西楚霸王。項籍嘗殺張良之主韓成，而良不爲之怒。
㉜**高祖**：指漢高祖劉邦。
㉝**弊**：通「敝」，衰敗。
㉞**此子房教之也**：方項羽盛時，張良教劉邦以隱忍。如鴻門會中卑詞盡禮，入漢中燒絕棧道，以示無意東出等。及漢四年，漢王兵盛糧足，項王兵疲食絕。張良曰：「此天亡楚之時也，不如乘機而取之。」蓋爲韓成復仇也。五年，決戰滅楚。事見《史記》〈項羽本紀〉及〈留侯世家〉。
㉟**淮陰破齊而欲自王，高祖發怒，見於詞色**：淮陰，指韓信。信，淮陰人，後封淮陰侯。《史記》〈淮陰侯列傳〉：「漢四年，（韓信）平齊。使人言漢王曰：『齊，僞詐多變，反覆之國也，南邊楚，不爲假王以鎭之，其勢不定，願爲假王，便。』當是時，楚方急圍漢王於滎陽。韓信使者至，發書，漢王大怒，罵曰：『吾困於此，旦暮望若來佐我，乃欲自立爲王！』張良、陳平躡漢王足，因附耳語曰：『漢方不利，寧能禁信之王乎？不如因而立，善遇之，使自爲守。不然，變生。』漢王亦悟，因復罵曰：『大丈夫定諸侯，即爲眞王耳，何以假爲！』乃遣張良往，立信爲齊王，徵其兵擊楚。」見，音同「限」，顯露。
㊱**太史公**：指司馬遷。

㊲**以為魁梧奇偉，而其狀貌乃如婦人女子**：魁梧，高大貌。悟，音同「物」。《史記》〈留侯世家贊〉曰：「余以爲其人計魁梧奇偉，至見其圖，狀貌如婦人好女。」

㊳**不稱**：不相稱。

【作者】

蘇軾，見本書第60頁〈教戰守策〉作者簡介。

【題解】

本文選自《蘇東坡文集》，爲東坡著名史論之一。留侯，即張良，字子房，其祖及父相韓五世。秦滅韓，張良悉以家財求客刺秦王，爲韓報仇；得力士，狙擊秦始皇於博浪沙（今河南省博浪縣東南），誤中副車，乃更姓名逃匿下邳（今江蘇省邳縣東。邳，音同「培」）。後佐漢高祖滅項羽，定天下，封留侯，與蕭何、韓信並稱「漢初三傑」。「留侯論」，乃論留侯之所以就大謀，在於能忍。

【翻譯】

古人所說的豪傑，一定有超過常人的節操。一般人在常情上都有無法忍受的事物，一個人被侮辱，一定會拔劍奮起，挺身上前搏鬥，這算不上是勇敢。天下有一種眞正勇敢的人，變故突然降臨到身上也不驚慌，無緣無故加害他也不憤怒。這是因爲他們的抱負很大，志向很高遠。

子房接受橋上老人的兵書，這件事很奇怪。但是又怎麼知道那不是秦代的隱士出來考驗子房呢？看那老人用來隱約表示他心意的行爲，都是聖賢相互警惕戒勉的道理，但世人不明察，認爲老人是鬼怪，實在是大錯。況且老人的眞正用意並不在贈書。

當韓國滅亡後，秦國正強盛，用刀鋸鼎鑊種種酷刑對付天下的士人，那些平常家居無罪被滅族的人，多到無法數盡。即使有孟賁、夏育那樣的勇士，也沒有機會再施展本領。凡是執法嚴峻急切的統治者，鼎盛時的鋒芒不可侵犯，但末期卻有可利用的機會。子房不能忍住憤怒的心情，以他尋常人的力量，在一次狙擊中求得一時的痛快。當時，子房雖然沒死，但與死亡的距離容納不下一根頭髮，實在是太危險了！富貴人家的子弟不死在盜賊手裏，爲什麼呢？因爲他們的生命寶貴，不值得因盜賊而死啊！子房憑著超過世人的才能，不從事伊尹、姜太公那樣的智謀，卻只使出像荊軻、聶政那種行刺的計策，因為幸運才得以不死，這是橋上老人為他深感惋惜的地方。因此用傲慢無禮的態度深深挫辱他，他如果能夠忍耐，然後才可以成就大事。所以老人說：「這年輕人可以調教啊！」

楚莊王攻打鄭國，鄭襄公裸露上身牽著羊迎接。莊王說：「國君能夠謙卑待人，一定能得到老百姓的信任和效力。」於是放棄攻打鄭國。越王句（勾）踐被圍困在會稽，他饋獻臣妾歸順吳國（或譯為：他到吳國當奴僕），三年都不倦怠。再說，有報仇的心志，卻不能屈居人下，這是平凡人的剛強啊！老人認為子房才能有餘，卻憂慮他的度量不夠，所以深深挫折他年輕人剛強的銳氣，使他忍下小小的忿怒去成就遠大的謀略。為什麼這樣說呢？兩人沒有平日的交情，突然在鄉野之間相遇，老人就命令子房做奴僕婢妾的工作，子房自然而然不見怪，這正是秦始皇驚嚇不了他、項羽激怒不了他的原因啊！

觀察漢高祖之所以勝利，項羽之所以失敗，原因就在能忍與不能忍的差別罷了！項羽因為不能忍耐，因此百戰百勝，輕率耗費鋒芒。漢高祖能忍耐，養足全部的鋒芒，來等待對方衰敗。這是子房教他的啊！當淮陰侯韓信攻破齊國想自立為王時，高祖生氣，怒氣顯露在言辭和臉色上。從這件事來看，高祖還有剛強不能忍耐的氣焰，如果不是子房，誰能成就他的帝業？

太史公猜想子房應該是身材高大、長相奇特，沒想到他的體態相貌竟然像個婦女，與他的志氣不相稱。唉！這就是子房之所以成爲子房吧！

記承天寺①夜遊

蘇軾

【原文】

元豐六年②十月十二日夜，解衣欲睡；月色入户，欣然起行。念無與③爲樂者，遂步至承天寺，尋張懷民④。懷民亦未寢，相與步於中庭。

庭下如積水空明⑤，水中藻荇⑥交横，蓋⑦竹柏影也。何夜無月？何處無竹柏？但少閒人如吾兩人者耳。

【註釋】

①**承天寺**：佛寺名，在今湖北省黃岡縣南方。

②**元豐六年**：元豐是宋神宗的第二個年號。元豐六年當西元一〇八三年，時作者年四十八歲。

③**與**：一起的意思。

④**張懷民**：蘇軾的朋友。名夢得，懷民是他的字，清河（今江蘇省淮陰縣）人。
⑤**積水空明**：月光照在地上，好像積水一樣，映射出光明來。
⑥**藻荇**：音同「早杏」，是兩種水草名。
⑦**蓋**：文言語助詞，「原來是」的意思。

【作者】

蘇軾，見本書第60頁〈教戰守策〉作者簡介。

【題解】

這一篇文章是從《東坡志林》中選錄出來的。描寫作者在夜晚時，到承天寺邀請朋友一同散步賞月的情景。

【翻譯】

元豐六年十月十二日夜晚，我脫下衣服準備睡覺。恰好看見月光照進來，頗爲明媚，我就高興地出門賞月。又想到沒人和我同樂，就走到承天寺，尋找張懷民。懷民也沒睡，我們便一同在庭院中散步。

只見照在庭中的月光，像照進水中一樣澄澈透亮，甚至看得見水藻、荇菜的縱橫交錯，原來那是竹子和柏樹的影子。其實，哪個夜晚沒有月光？又有哪個地方沒有竹子和柏樹呢？只是缺少像我們兩個這樣清閒的人罷了。

上樞密韓太尉書

蘇轍

【原文】

太尉執事①：轍生好爲文，思之至深，以爲文者氣之所形②，然文不可以學而能，氣可以養而致。孟子曰：「我善養吾浩然之氣③。」今觀其文章，寬厚宏博，充乎天地之間，稱④其氣之小大。太史公⑤行天下，周覽四海名山大川，與燕、趙⑥間豪俊交游；故其文踈蕩⑦，頗有奇氣。此二子者，豈嘗執筆學爲如此之文哉？其氣充乎其中，而溢乎其貌⑧，動⑨乎其言，而見乎其文，而不自知也。

轍生十有九年矣。其居家所與游者，不過其鄰里鄉黨⑩之人。所見不過數百里之間，無高山大野，可登覽以自廣⑪。百氏之書⑫，雖無所不讀，然皆古人之陳迹，不足以激發其志氣。恐遂汩沒⑬，故決然捨去，求天下奇聞壯觀，以知天地之廣大。

過秦漢之故都⑭，恣觀終南、嵩、華⑮之高；北顧黃河之奔流，慨然想見古之豪傑。至京師⑯，仰觀天子宮闕之壯，與倉廩府庫、城池苑囿⑰之富且大也，而後知天下之巨麗。見翰林歐陽公⑱，聽其議論之宏辯，觀其容貌之秀偉，與其門人賢士大夫遊，而後知天下之文章聚乎此也。

太尉以才略冠天下，天下之所恃以無憂，四夷之所憚以不敢發，入則周公、召公⑲，出則方叔、召虎⑳。而轍也未之見焉。且夫人之學也，不志其大，雖多而何爲㉑？轍之來也，於山見終南、嵩、華之高，於水見黃河之大且深，於人見歐陽公，而猶以爲未見太尉也！故願得觀賢人之光耀，聞一言以自壯，然後可以盡天下之大觀而無憾者矣。

轍年少，未能通習吏事。嚮㉒之來，非有取於升斗之祿㉓，偶然得之，非其所樂。然幸得賜歸待選㉔，使得優遊數年之間，將歸益治其文，且學爲政。太尉苟以爲可教而辱㉕教之，又幸矣！

【註釋】

①**執事**：對人的尊稱，義與左右同。

②**形**：表現。

③**浩然之氣**：《孟子》〈公孫丑篇〉：「其爲氣也，至大至剛，以直養而無害，則塞于天地之間。其爲氣也，配義與道，無是，餒也。」
④**稱**：音同「趁」，相稱。
⑤**太史公**：即太史令，本爲官名，後世用來專稱《史記》作者司馬遷。
⑥**燕**、**趙**：戰國時二國名，約當今河北、山西一帶。
⑦**其文疏蕩**：意謂他的文章氣勢豪放。
⑧**而溢乎其貌**：而，猶則。溢，流露。乎，猶於。貌，指外表。
⑨**動**：發的意思。
⑩**鄰里鄉黨**：統稱鄉里。古制：五家爲鄰，五鄰爲里，五百家爲黨，萬二千五百家爲鄉（見《周禮》〈地官．遂人〉及〈大司徒〉鄭玄注）。
⑪**自廣**：擴大自己的胸襟、氣度。
⑫**百氏之書**：諸子百家之書。
⑬**汩沒**：湮沒。汩，音同「古」。
⑭**過秦漢之故鄉**：過，經也。秦都咸陽，今陝西省咸陽縣。西漢都長安，今陝西省長安縣。東漢都洛陽，今河南省洛陽縣。
⑮**恣觀終南**、**嵩**、**華**：恣，盡情。終南，即終南山，在陝西省長安縣南。嵩，即嵩山，在河南省登封縣北。華，即華山，在陝西省華陰縣南。
⑯**京師**：指北宋首都汴京，在今河南省開封縣。

⑰**苑囿**：養禽獸的地方。
⑱**翰林歐陽公**：翰林，文學侍從官。歐陽公，指歐陽修。蘇轍與兄軾都是歐陽修所拔擢的進士。
⑲**周公、召公**：周公名旦，召公名奭（召，音同「紹」；奭，音同「士」），皆周文王子，武王弟。武王歿後，成王年幼，周公、召公共同輔政。
⑳**方叔、召虎**：皆周宣王卿士。方叔伐玁狁有功，召虎平淮夷有功。
㉑**何為**：何用。
㉒**嚮**：昔，以前。
㉓**升斗之祿**：菲薄的俸祿。
㉔**待選**：等待銓選任職。
㉕**辱**：屈辱，書信中常用為謙詞。

【作者】

蘇轍，字子由，號欒城，宋眉州眉山（四川省眉山縣）人。生於仁宗寶元二年，卒於徽宗政和二年（西元一〇三九—一一一二年），年七十四。

轍年十九，與兄軾同登進士。四年後，始授商州軍事推官。神宗時，因反對青苗法，忤王安石，出為河南推官，轉著作郎。元豐元年（西元一〇七八年），坐兄軾作詩譏評時政，貶監筠州鹽酒稅，移知績溪縣。哲宗元祐元年，司馬光等當國，召入京為右司諫，時年四十八。歷任翰林學士，權吏部尚書，出使契丹。後拜尚書右丞，門下侍郎，參與機要，多所貢獻。紹聖元年，新黨復得勢，轍屢遭貶謫，歷知汝洲、袁州。徽宗時，復官大中大夫。旋歸隱於許州（今河南省許昌縣），築室潁水之濱，自號潁濱遺老，不復出仕，讀書學禪以終，諡文定。轍性沉靜高潔，資稟敦厚，既有父洵為之師，又有兄軾為之友，故發為文章，汪洋澹泊，亦如其人，秀傑之氣，終不可掩，遂成大家。著有《欒城集》等書。

【題解】

蘇轍於宋仁宗嘉祐二年登進士後，被賜待選。次年在京都上書樞密使韓太尉，以表崇敬仰慕之忱。韓太尉，即韓琦，安陽人，嘉祐元年任樞密使，與歐陽修同朝。宋代樞密院掌軍國機務及邊防兵戎諸事，而樞密使為主其事者，其職權猶如漢代之太尉，故書中以太尉稱之。

文分五段：首段言為文之道，在於養氣，並舉孟子、司馬遷之文以為證。第二段說明離鄉背井之由，在求天下奇聞壯觀，以激發己之志氣。第三段歷述所見名山大川之勝，宮闕苑囿之壯，以及與當代大賢碩儒交遊經過。第四、五兩段說明求見非爲貪緣取祿，旨在治文學政，並冀其亮察而垂教之。

【翻譯】

太尉左右：我天性喜歡寫文章，對於寫文章的道理，深入地想過。我認爲文章是作者胸襟氣度的具體表現。但是文章不能單靠學習就可以寫好，胸襟氣度卻可以憑藉修養獲得的。孟子說：「我善於修養我至大至剛的正氣。」今日觀賞他的文章，寬闊厚實而又宏大廣博，文章氣勢溢於天地之間，與他的人格氣象相稱。太史公司馬遷走遍天下，遊覽了四海之內的名山大川，又與河北、山西一帶的豪傑交往，所以他的文章灑脫而豪放，氣勢不凡。這兩位先生哪裏是拿著筆苦苦習作這種文章呢？而是浩然之氣充滿他們心中，洋溢在他們外表；激蕩成他們的語言，表現在他們的文章，他們自己都不知道啊。

我生下來十九年了。平日在家鄉時所交往的，不過是家鄉鄰里的人，見聞的人事物不超過數百里範圍，沒有高峻的山嶺、廣大的原野，讓我登高望遠來開闊視野。諸子百家之書，雖然都讀過，但書中所寫都是古人的舊事，不足以激發我的志氣。我恐怕自己就此湮沒於世，所以決定離開家鄉，訪求天下的奇聞壯觀，藉此瞭解天地的廣大。

我曾經行經秦、漢的故都咸陽與長安，盡情瞻仰終南山、嵩山、華山的高峻；我向北眺望黃河的奔騰流動，慷慨激昂地想起古代的英雄豪傑。到了京師，我抬頭仰觀天子宮殿的壯闊，又看到糧倉府庫、城池園林的富足且宏大，然後才知曉天下是如此的美好呀。我見到了翰林學士歐陽公，聆聽他議事論理的恢宏善辯，觀看他容貌的秀美魁梧，又和他的學生及賢明的士大夫交往，然後才知道天下最精彩的人文辭章都聚集在這裏了。

太尉您以才學謀略雄冠天下，天下人民依靠您得以無憂，邊境異族畏懼您而不敢作亂。您在朝中就像周公、召公般輔政，您奉命出征就建立了方叔、召虎般功業，可是我卻沒見到您。說到人的求學，如果不能立下恢弘志向，雖然學得多又有何用？我這次來汴京，在山這方面，見到了終南山、嵩山、華山的高峻；在水這方面，見到了黃河的浩大深遠；在人這方面，見到了歐陽公，但還是以沒見到太尉您而遺憾啊。所以希望能有機會見到您的面，聽您一席話作爲我奮發自強的目標，然後我才可以算是已看盡天下大觀，再也沒有什麼遺憾了。

我年輕識淺，還不十分通曉官員的職務。此次來京應試，並非刻意謀取官職。考上進士，是偶然的機遇，並不是我所樂意的。幸而得到朝廷批准，賜我回鄉等候選用，讓我又有幾年悠閑的時光，回去後，我將更加努力寫好文章，同時學習如何從政。太尉，您如果認爲我還可以教導，而承蒙您屈尊來教導我，這就是我更慶幸的事了。

黃州快哉亭記

蘇轍

【原文】

江出西陵①，始得平地，其流奔放肆大。南合沅、湘②，北合漢、沔③，其勢益張。至於赤壁④之下，波流浸灌，與海相若。清河⑤張君夢得⑥，謫居齊安⑦，即其廬之西南爲亭，以覽觀江流之勝；而余兄子瞻名之曰「快哉」。

蓋亭之所見，南北百里，東西一舍⑧。濤瀾洶湧，風雲開闔⑨。晝則舟楫出沒於其前；夜則魚龍悲嘯於其下。變化倏忽⑩，動心駭目，不可久視。今乃得翫⑪之几席之上，舉目而足。西望武昌諸山，岡陵起伏，草木行列⑫。煙消日出，漁父樵夫之舍，皆可指數。此其所以爲「快哉」者也。至於長洲之濱，故城之墟；曹孟德、孫仲謀⑬之所睥睨⑭，周瑜、陸遜⑮之所騁騖⑯；其流風遺跡，亦足以稱快世俗。

昔楚襄王⑰從宋玉⑱、景差⑲於蘭臺⑳之宮，有風颯然㉑至者，王披襟當之，曰：「快哉此風！寡人所與庶人共者耶？」宋玉曰：「此獨大王之雄風耳！庶人安得共之！」玉之言，蓋有諷焉！夫風無雄雌之異，而人有遇不遇之變。楚王之所以為樂，與庶人之所以為憂，此則人之變也。而風何與㉒焉？

士生於世，使其中㉓不自得，將㉔何往而非病？使其中坦然不以物傷性㉕，將何適而非快？今張君不以謫為患，竊會計㉖之餘功㉗，而自放山水之間，此其中宜有以過人者。將蓬戶甕牖㉘，無所不快；而況乎濯長江之清流，挹㉙西山之白雲，窮耳目之勝，以自適也哉？不然，連山絕壑，長林古木，振之以清風，照之以明月，此皆騷人思士之所以悲傷憔悴而不能勝者，烏睹其為快也哉？元豐六年十一月朔日㉚趙郡㉛蘇轍記。

【註釋】

①**西陵**：長江三峽之一，在湖北省宜昌縣西北十三公里處。

②**沅**、**湘**：皆水名。沅水，源出貴州省甕安縣，東流入湖南省境，注入洞庭湖。湘水，源出廣西省興安縣，東北流入洞庭湖。

③**漢**、**沔**：皆水名，漢水，源出陝西省寧強縣，東南流入湖北省境，南入長江。沔，音同「免」，沔水，漢水之上游。

④**赤壁**：即赤鼻磯，在今湖北省黃岡縣城外。三國周瑜破曹兵之赤壁，在湖北省嘉魚縣東北。
⑤**清河**：古郡名，今河北省清河縣。
⑥**張君夢得**：字懷民，又字偓佺，清河人，生平事蹟不詳。蘇軾貶居黃州時之好友。
⑦**齊安**：即黃州，在今湖北省黃岡縣，宋時爲齊安郡，轄黃岡、黃陂、麻城三縣。
⑧**一舍**：三十里爲一舍。
⑨**開闔**：散聚。在此形容風雲變幻不定。
⑩**倏忽**：疾也。倏，音同「述」。
⑪**翫**：音同「萬」，通「玩」，賞玩也。
⑫**行列**：猶言縱橫，與上句「起伏」相對爲文。直者約行，橫者約列。行，音同「杭」。
⑬**孫仲謀**：孫權，字仲謀。
⑭**睥睨**：音同「必逆」，斜視，此引申爲傲然藐視，不可一世之意。
⑮**陸遜**：三國時吳國之名將。字伯言，曾大破曹休，凱旋過武昌，孫權以御蓋覆遜出入殿門。
⑯**騁騖**：音同「逞勿」，任意馳驅，角逐戰鬥之意。騁。直馳。騖，亂馳。
⑰**楚襄王**：戰國楚王，名橫，在位三十四年（西元前二九八——二六五年）。
⑱**宋玉**：戰國楚人，屈原弟子，爲楚大夫。悲其師之橫被放逐，作〈九辯〉述其志；又有〈神女〉、〈高唐〉諸賦，皆寓言寄興之作。
⑲**景差**：戰國楚人，爲大夫。好辭賦，與宋玉齊名。
⑳**蘭臺**：在今湖北省鍾祥縣。《昭明文選》宋玉〈風賦〉：「楚襄王遊於蘭臺之宮，宋玉、景差

侍。」下文楚王與宋玉之問答，皆引自〈風賦〉。

㉑**颯然**：風聲貌。颯，音同「薩」。

㉒**何與**：猶何干。與，音同「玉」，參與。

㉓**中**：指內心。

㉔**將**：則也。

㉕**以物傷性**：以身外之物傷害天賦靈明之性。

㉖**會計**：此指公務之處理。管理及計算財務出納之事曰會計。分言之，會為年終之總結，計為日常之計算。會，音同「快」。

㉗**餘功**：公餘之暇。

㉘**蓬戶甕牖**：編蓬草為門，以破甕為窗，形容貧寒之家。牖，音同「有」。

㉙**挹**：音同「亦」，引也。

㉚**元豐六年十一月朔日**：元豐，宋神宗年號，六年為西元一〇八三年。朔日，夏曆初一。

㉛**趙郡**：今湖北省趙縣。東漢順帝時，蘇章任冀州刺史，其子孫家於趙郡。傳至唐武后時，蘇味道任眉州刺史，一子未歸，為轍之先祖。稱趙郡乃舉祖先原籍。

【作者】

蘇轍，同本書第92頁〈上樞密韓太尉書〉作者簡介。

【題解】

本文選自《欒城集》。宋張夢得謫居齊安，作亭於其廬，蘇軾為命名曰「快哉」，而蘇轍為之記。凡人遭謫貶，均不免有抑鬱不平之氣，見之於辭色，張夢得自亦難於例外。時蘇軾亦因詩謗之嫌，貶為黃州團練副使，與夢得同病相憐。惟軾之天性曠達，能以順處逆，以理化情，形成達觀快樂之人生觀，其以「快哉」名亭，亦寓有勸諭之意。轍此記亦曰：「士生於世，使其中不自得，將何往而非病？使其中坦然不以物傷性，將何適而非快？」蓋深有會於軾命名之旨。文章以「快」字為線索，展開聯想，馳騁於天地古今，汪洋恣肆。讀之令人心胸曠達，寵辱皆忘。

【翻譯】

長江出西陵峽後，才流到平地，水勢奔騰壯闊起來。南邊會合沅江、湘江，北邊會合漢水、沔水，水勢更加浩蕩。到了赤壁之下，各方水流沖激灌注，使得江面像海一樣遼闊。清河人張夢得君被貶官到齊安，就在房舍的西南方蓋了一座亭子，來觀賞長江美景。我哥哥子瞻把亭子命名為「快哉」。

在這座亭中所能見到的景觀，南北可達百里，東西三十里。江上波濤洶湧，風雲聚散變幻不定。白天船隻在亭子前來來往往，夜裏魚龍在亭子下悲哀長鳴。景色變化快速，讓人心神震撼，眼睛驚視，無法看得太久。現在竟可以坐在亭中席上，倚靠著茶几欣賞，放眼望去就可看得心滿意足。向西眺望武昌群山，山陵高低起伏，草木縱橫排列。在煙消霧散陽光出現時，漁人、樵夫的房子，都可一一指著數出來。這就是亭子取名為「快哉」的原因。至於長長沙洲的水邊、古城的遺址，是當年曹操、孫權傲視群雄的地方，是周瑜、陸遜馳騁戰鬥的所在，他們流傳下來的風範事蹟，也足以使世人大呼暢快。

從前楚襄王帶著宋玉、景差到蘭臺宮，一陣風吹來，颯颯作響。楚王敞開衣襟迎著風說：「這風好暢快啊！這是我和百姓共享的吧？」宋玉說：「這只是大王的雄風罷了，百姓哪能共享？」宋玉的話，大概是有所諷刺吧！風沒有雄雌的分別，但人卻有得意與不得意的不同。楚王感到快樂的原因，卻是百姓感到憂愁的原因，這是人們際遇的不同，和風有什麼關係呢？

讀書人活在世上，假如他心中不自在快樂，那麼，到哪兒才不憂傷呢？假如他心中坦蕩，不因外物傷害到本性，那麼，到哪兒會不快樂呢？現在張君不因貶官而憂傷，利用公餘閒暇，寄情於山水之間，他心中應該有超過常人的修養。那麼，處在蓬草爲門、破甕爲窗那樣的困窮境地，也不會不快樂，更何況還能在長江清流中洗滌，招引西山的白雲作伴，盡情享受耳目勝景，來自得其樂呢！如果不是這樣，那連綿的峰巒、幽深的山谷、廣大的森林、古老的樹木，在清風吹拂下、明月照耀下，都是讓失意憂思的詩人文士感到悲傷瘦損無法承受的景物，又那裏看得出令人暢快之處呢？元豐六年十一月一日趙郡蘇轍記

良馬對

岳飛

【原文】

帝問岳飛曰：「卿①得良馬否？」對曰：「臣有二馬，日啗②芻豆③數斗，飲泉一斛，然非精潔即不受；介④而馳，初不甚疾，比⑤行百里，始奮迅，自午至酉⑥，猶可二百里，褫⑦鞍甲而不息不汗，若無事然。此其受大而不苟取⑧，力裕而不求逞⑨，致遠之材也。不幸相繼以死。今所乘者，日不過數升，而秣不擇粟，飲不擇泉，攬轡未安，踴躍疾驅，甫百里，力竭汗喘⑩，殆欲斃然。此其寡取易盈，好逞易窮，駑鈍之材也。」

帝稱善。

【註釋】

①**卿**：以前君王對臣下的稱呼。
②**啗**：音同「但」，吃。
③**芻豆**：馬的飼料。芻，音同「除」，乾草。
④**介**：這裏指馬披上鞍甲。
⑤**比**：音同「必」，等到。
⑥**自午至酉**：從中午到黃昏。午，從上午十一點到下午一點。酉，從下午五點到下午七點。
⑦**褫**：音同「尺」，脫掉、卸下。
⑧**受大而不苟取**：食量大卻不隨便取用。
⑨**力裕而不求逞**：精力充沛卻不逞強。
⑩**湍**：水流急速的樣子。這裏指汗水淋漓。

【作者】

岳飛，字鵬舉，宋相州湯陰（今河南省湯陰縣）人。生於徽宗崇寧二年（西元一一〇三），卒於高宗紹興十一年（西元一一四一），年三十九歲。宋朝抗金名將。著有《岳忠武王文集》。

【題解】

這一篇是從《岳忠武王文集》裏選錄出來的。作者藉他和宋高宗關於良馬的一段對話，來闡明賢才自重自愛的道理。

【翻譯】

皇帝問岳飛說：「你得過良馬嗎？」岳飛回答說：「我曾有兩匹馬，每天吃幾斗的飼料，喝十斗的泉水，但不是精美乾淨的飲食就不吃；披上鞍甲奔跑，起初不很快，等到跑了一百里，才奮起快速奔跑，從中午到黃昏，還能再跑二百里，脫掉鞍甲後並不喘氣，也不會流汗，一副若無其事的樣子。這就是食量大卻不隨便取用，精力充沛卻不逞強，是具有到達遠方的才幹。不幸地，兩匹馬都陸續死了。我現在所騎的馬，每天吃的不過幾升，而且吃飼料時不選擇穀類，喝水不選擇泉水，韁繩還沒拉好，就跳起來急速奔跑，才跑一百里，就用盡了力氣，流汗喘氣，幾乎快要死了的樣子。這種情況，顯示牠吃得少，容易滿足，喜好逞強，容易力盡，是才能低下的劣馬。」

皇帝稱讚他說得好。

白鹿洞書院學規

朱熹

【原文】

父子有親。君臣有義。夫婦有別。長幼有序。朋友有信。

右五教之目①。堯、舜使契爲司徒，敬敷五教②，即此是也。學者學此而已。

而其所以學之之序③，亦有五焉，其別如左：

博學之。審問之。謹思之。明辨之。篤行之④。

右爲學之序。學、問、思、辨四者，所以窮理也。

若夫篤行之事，則自修身以至處事、接物⑤，亦各有要，其別如左：

言忠信。行篤敬⑥。懲忿窒慾⑦。遷善改過⑧。

右修身之要。

正其誼不謀其利。明其道不計其功⑨。

右處事之要。

己所不欲，勿施於人⑩。行有不得，反求諸己⑪。

右接物之道。

熹竊觀古昔聖賢所以教人爲學之意，莫非使之講明義理，以修其身，然後推以及人。非徒欲其務記覽，爲詞章，以釣聲名⑫，取利祿而已也。今人之爲學者，則既反是矣。然聖賢所以教人之法，具存於經⑬。有志之士，固當熟讀、深思而問、辨之。苟知其理之當然，而責其身以必然，則夫規矩禁防之具，豈待他人設之，而後有所持循⑭哉？

近世於學有規，其待學者爲已淺⑮矣。而其爲法，又未必古人之意也。故今不復以施於此堂，而特取凡聖賢所以教人爲學之大端，條列如右，而揭之楣間⑯。諸君其相與講明遵守，而責之於身焉。則夫思慮云爲⑰之際，其所以戒謹而恐懼者，必有嚴於彼⑱者矣。其有不然，而或出於此言之所棄⑲，則彼所謂規者，必將取之⑳，固不得而略也。諸君其亦念之哉！

【註釋】

①**五教之目**：《孟子》〈滕文公上〉：「人之有道也，飽食煖衣，逸居而無教，則近於禽獸。聖人有憂之，使契（音同「洩」）爲司徒，教以人倫：父子有親，君臣有義，夫婦有別，長幼有序，朋友有信。」朱注：「契，舜臣名。司徒，官名。人之有道，言其皆有秉彝之性也。然無教，則亦放逸怠惰而失之。故聖人設官而教以人倫，亦因其固有者而道之耳。」按：朱子之意以《孟子》父子有親五句。即《舜典》敬敷五教之細目。

②**敬敷五教**：《尙書》〈舜典〉：「帝曰：『契，百姓不親，五品不遜，汝作司徒，敬敷五教，在寬。』」孔《傳》：「五品謂五常（按：即五倫）。遜，順也。布五常之教務在寬，所以得人心。」

③**序**：程序、次序。

④**博學之五句**：《中庸》：「誠之者，擇善而固執之者也：博學之，審問之，愼思之，明辨之，篤行之。」朱注：「此誠之之目也。學問思辨，所以擇善而爲智，學而知也。篤行，所以固執而爲仁，利而行也。程子曰：『五者廢其一，非學也。』」

⑤**接物**：爲交換人物。司馬遷〈報任安書〉：「教以愼於接物，推賢進士爲務。」

⑥**言忠信二句**：《論語》〈衛靈公〉：「子張問行。子曰：『言忠信，行篤敬，雖蠻貊之邦，行

矣。』」朱注：「行篤之行，去聲。篤，厚也。蠻，南蠻。貊（音同「陌」），北狄。」

⑦**懲忿窒慾**：《周易》〈損卦．象辭〉：「君子以懲忿窒慾。」孔穎達疏：「懲止忿怒，窒塞情慾。懲者，息其既往；窒者，閉其將來。」

⑧**遷善改過**：《周易》〈益卦．象辭〉：「君子以見善則遷，有過則改。」

⑨**正其誼二句**：仁義之義，本字當作誼。《漢書》〈董仲舒傳〉：「仲舒對（江都易王）曰：『仁人者，正其誼不謀其利，明其道不計其功。是以仲尼之門，五尺之童，羞稱五霸，爲其先詐力而後仁誼也。』」

⑩**己所不欲二句**：《論語》〈衛靈公〉：「子貢問曰：『有一言而可以終身行之者乎？』子曰：『其恕乎？己所不欲，勿施於人。』」朱注：「推己及物，其施不窮，故可以終身行之。」

⑪**行有不得，反求諸己**：《孟子》〈離婁上〉：「孟子曰：『愛人不親，反其仁；治人不治，反其智；禮人不答，反其敬。行有不得者，皆反求諸己。其身正，而天下歸之。』」朱注：「不得，謂不得其所欲，如不親、不治、不答是也。反求諸己，謂反其仁、反其智、反其敬也。如此，則其自治益詳，而身無不正矣。」

⑫**釣聲名**：《管子》〈法法篇〉：「釣名之人，無賢士焉。」按：聲名猶言名譽。釣魚者必以餌。故飾詐以求名者，謂之釣名。

⑬**具存於經**：盡存於經典中。

⑭**持循**：《漢書》〈賈誼傳〉：「此業壹定，世世常安，而後有所持循矣。」注：「執持而順行之。」

⑮**已淺**：已，過甚也。淺，淺薄，引申有輕視之意。謂近代教者訂列規條，以約束學者，待遇學者，有輕視之意，未免失去學者之自尊心。
⑯**揭之楣間**：揭，高舉也。楣，門戶上橫梁也。
⑰**云為**：猶言行。《易》〈繫辭〉：「是故變化云爲。」疏：「或口之所云，或身之所爲。」
⑱**嚴於彼**：彼，指近世之學規。
⑲**出於此言之所棄**：此言，即揭之楣間之言。所行爲此言所棄，即違聖賢教人之法言。
⑳**必將取之**：不遵聖賢之遺訓，則將取用近世之學規。

【作者】

朱熹，字元晦，號晦庵，宋徽州婺源（今安徽婺源縣）人。高宗建炎四年（西元一一三〇）生於南劍州尤溪（今福建尤溪縣），寧宗慶元六年（西元一二〇〇年）卒，年七十一歲。

先生幼穎悟。父松字韋齋，以忤秦檜，罷官，隱居教子。五歲讀《孝經》，即題曰：「不若是，非人也。」年十四，韋齋公病歿。年十八，登進士第，歷同安主簿，知南康軍，提舉浙東常平茶鹽，知漳州、潭州，凡五任，爲時甚暫，而所至有聲。寧宗即位，除煥章閣侍講，纔四十餘日，直言極諫，遂落職歸。

先生登第五十年，居官日短，閒居者四十餘年，山林之日長，講學之功深。其著述之富，從遊之盛，爲自昔儒者所不及。門人可考者五百三十餘人，皆親炙而非私淑。嘗居崇安，築書院於武夷山，牓曰紫陽（徽有紫陽山）。晚寓建陽之考亭，建室於蘆峰之巔曰晦庵。尤溪、崇安、建陽均在閩江上游，故其學稱爲閩學。寧宗時，韓侂胄居中用事，先生憂其害政，數以爲言，侂胄乃創僞學之名以斥善類，至有上書乞斬先生者。先生講學不輟，或勸其謝遣生徒者，笑而不答。家故貧，簞瓢屢空，晏如也。諸生自遠而至者，豆飯藜羹，卒與之共，往往稱貸於人以給用，而非其道義，則一介不取也。蓋先生之爲學也，主敬以立其本，窮理以致其知，反躬以踐其實。歷死生禍福而不少變，眞可謂百世之師矣。

後世學者有謂南宋之時，國難當前，而理學家高言心性迂疏之學，以此譏議朱子者。不知南宋爲朱子之學者，無不黜和議而主抗戰，以振起民族精神。孝宗即位之初，詔求直言，朱子上封事，極言講和之非，嘗曰：「君父之仇不與共戴天，今日所當爲者，非戰無以復仇，非守無以制勝。」又曰：「內拂吾民忠義之心，而外絕故國來蘇之望者，講和之說也。」其言至爲痛切。先生於南渡人物，特推重李綱，稱之爲一世之偉人。文文山之學亦淵源於朱子，其成仁取義之精神，即道學崇高之表現。世之議朱子者，殆未嘗讀朱子之書者也。

先生所著之書有《易本義》、《啓蒙》、《蓍卦考誤》、《詩集傳》、《大學中庸章句》、《四書或問》、《論語集注》、《孟子集注》、《太極圖說解》、《通書解》、《西銘解》、《楚辭集注辯正》、《韓文考異》；所編次有《論孟集義》、《孟子指要》、《中庸輯略》、《孝經刊誤》、《小學書》、《通鑑綱目》、《宋名臣言行錄》、《家禮》、《近思錄》、《河南程氏遺書》、《伊洛淵源錄》；所爲文凡一百卷，生徒問答凡八十卷，又別錄十卷，皆行於世。大抵先生平生精力，殫於《四書》，蓋定著《四書》之名，自先生始。元明以後，取朱子《四書章句集注》，用以取士，遂爲家弦戶誦之書，數百年來學術政俗受其影響，可謂大矣。

【題解】

白鹿洞在江西省星子縣北，廬山五老峰南，後屏山上。唐李渤隱居於此，常蓄白鹿以自娛，因以名洞。南唐昇元中，建學於此，號曰廬山國學。宋初置學院，太宗詔賜九經，稱白鹿國學。孝宗淳熙五年（西元一一七八年），朱子知南康軍，訪白鹿洞書院廢址，觀其四面山水，清邃環合，無市井之喧，有泉石之勝，眞講學著書之所。因奏請修復，並揭舉古訓以爲學規，於爲學做人之道，盡其綱要。蓋白鹿洞書院所揭示之條目，幾成爲中國近數百年書院教育之公共校訓，世宙雖有遷移，其精神固歷久不可廢也。

【翻譯】

父子要有親愛的感情，君臣要有道德的關係，夫婦要有內外的分別，長幼要有尊卑的次序，朋友要有誠信的相處。

右面（前面）所舉的是五種人倫的教育項目。《書經》上所載的堯、舜任用契做司徒官，所認眞普遍實施的五教，就是這個。求學的人要學習的就是這些罷了，他們用來學習的次序也有五項，分別如左（下）：

廣博地學習，詳細地請教別人，謹慎地思考，明晰地辨別，切實地去實行。

右面（上面）所列的是求學的次序。學習、請教、思考、分辨，是用來深入推究事物道理的方法。

至於切實地實行一項，包括從修養本身到處理事務和交接人物，也是各有要訣，現在把它們分別列在左面（下面）：

說話要忠誠信實，做事要切實謹慎，戒除忿怒，閉塞情慾，遷移到善的方面去，改

正自己的過失。

右面（上面）是修身主要原則。

使他的行為合於義，不要在利益上打算。要使道明顯於世，不要計較它有什麼效果。

右面（上面）是處理事情的主要原理。

自己所不喜歡的事，不要施行到別人身上。做事不能得到預期的效果，就要在自己身上反省，去尋找它的原因。

右面（上面）是交接人物的主要原則。

我私自觀察古時聖賢用來教人治學的意思，無非要使人講究明白義理，以修養他的本身，然後推廣到別人。不是祇要他專心致力於記誦及閱讀經書，或作文章，以求取名譽和財利官位就算了。現在人們的治學，已經違反了聖賢的本意。可是聖賢用來教人的法則，詳細記在經書中。有志的人，本來應當去熟讀，深思而且請教和辨別其中的道理。假如知道做人的道理是應該如此，就應要求自己一定如此去做，所以，規矩是用來禁制防止人有越軌行為的工具，難道要待他人設立規矩後，才有所遵循嗎？

近來學校裏訂有學規來約束求學的人，這樣對待求學的人太過於輕視了。把學規做爲求學的原則，又不一定是合於古代聖賢的本義。所以現在不再把這種學規施行在這學堂裏，卻特地採取所有古代聖賢用來教人治學的重要部分，分條列舉在右面（前面），公布在門戶上的橫楳。你們應該共同講究明白去遵守它，要求自己本身能夠做到。故在思想言行之間，用來謹愼警戒而且能恐懼有過失的，一定比近代的學規更嚴格的呀！如果不是這樣，或有人超出本學規約定以外的事，那麼那個近代所謂的學規就必定將要取用它，這本來是不可忽略的。你們應該記住啊！

君子喻於義，小人喻於利

陸九淵

【原文】

某①雖少服父兄師友之訓，不敢自棄，而頑鈍疏拙②，學不加進，每懷愧惕③，恐卒負其初心，方將求鍼砭鐫磨④於四方師友，冀獲開發，以免罪戾⑤。比來⑥得從郡侯秘書⑦至白鹿書堂⑧，群賢畢集，瞻睹盛觀，竊自慶幸。秘書先生、教授先生⑨，不察其愚，令登講席⑩以吐所聞。顧惟⑪庸虛⑫，何敢當此？辭避再三，不得所請，取《論語》中一章⑬，陳平日之所感，以應嘉命⑭；亦幸有以教之！

子曰：「君子喻⑮於義，小人喻於利。」此章以義、利判⑯君子、小人，辭旨曉白。然讀之者，苟不切己觀省⑰，亦恐未能有益也。某平日讀此，不無所感。竊謂學者於此，當辨其志。人之所喻，由其所習，所習由其所志。志乎⑱義，則所習者必在於義；所習在義，斯喻於義矣。志乎利，則所習者必在於利；所習在利，斯喻於利矣。故學者之志，不可不辨也。

科舉取士久矣⑲，名儒鉅公⑳，皆由此出。今為士者，固不能免此。然場屋㉑之得失，顧㉒其技與有司㉓好惡如何耳；非所以為君子、小人之辨也。而今世以此相尚㉔，使汩沒㉕於此而不能自拔，則終日從事者，雖曰聖賢之書，而要㉖其志之所鄉㉗，則有與聖賢背而馳者矣。推而上之，則又惟官資崇卑㉘，祿廩㉙厚薄是計㉚，豈能悉心力於國事民隱，以無負於任使之者哉？從事其間，更歷㉛之多，講習㉜之熟，安得不有所喻？顧恐不在於義耳。誠能深思是身，不可使之為小人之歸，其於利欲之習，怛㉝焉為之痛心疾首㉞；專志乎義而日勉焉，博學、審問、慎思、明辨而篤行之。由是而進於場屋，其文必皆道其平日之學，胸中之蘊㉟，而不詭㊱於聖人；由是而仕，必皆共其職，勤其事，心㊲乎國，心乎民，而不為身計其得，不謂之君子乎？

秘書先生起廢㊳以新斯堂，其意篤矣！凡至斯堂者，必不殊志；願與諸君勉之，以毋負其志！

【註釋】

①**某**：作者自稱。

②**頑鈍疏拙**：頑劣遲鈍，粗淺笨拙。這裏是自謙之詞，就是說自己天資愚笨，才疏學淺。

③**愧惕**：內心慚愧而知所戒懼。

④**鍼砭鐫磨**：就是箴規琢磨的意思。鍼，金針；砭，音同「編」，石針。鍼砭，古醫術的一種；引申為規諫過失的意思。鐫磨，就是琢磨。

⑤**罪戾**：戾，音同「立」，也是罪的意思。罪戾，是同義複詞。

⑥**比來**：猶言近來。比，音同「必」。

⑦**郡侯秘書**：指朱熹。當時朱熹知南康軍，軍是宋代的行政區域名稱，相當於古代的郡。所以稱朱熹為郡侯。朱熹又曾任秘書郎，因此合稱為郡侯秘書。

⑧**白鹿書堂**：即白鹿洞書院。詳參本書第114頁〈白鹿洞書院學規〉題解欄。

⑨**教授先生**：教授，官名。宋代學制，於各軍設置教授，主持當地的教育。當時南康軍的教授是楊大法。見呂祖謙〈白鹿洞書院記〉。

⑩**講席**：師儒講學的地方，古稱講席。現代書信仍然沿用。

⑪**顧惟**：顧，回過頭來，惟，思考。顧惟，就是反觀自省的意思。

⑫**庸虛**：庸，身無所能；虛，胸無所有。就是平庸空虛的意思。

⑬**《論語》中一章**：見《論語》〈里仁篇〉，即本文篇題。

⑭**嘉命**：善意的命令。

⑮**喻**：《論語》何晏《集解》引孔安國說：「喻，猶曉也。」就是「瞭解」的意思。

⑯**判**：分別。

⑰**切己觀省**：切身觀察反省。

⑱**乎**：介詞，相當於「於」的意思。

⑲**科舉取士久矣**：科舉制度，萌芽於隋，定制於唐，是以考試方式來選取人才的制度。唐代設科取士，有秀才、明經、進士、明法、明字、明算等科。宋代沿用其名，直到清末爲止。考試內容則每代都有更革。

⑳**名儒鉅公**：名儒，有名的學者。鉅公，大人物、尊者的通稱。

㉑**場屋**：應考的場所，或稱科場；今稱考場。

㉒**顧**：「但」、「只是」的意思。

㉓**有司**：本指職有專司的官吏，這裏是指主考官。

㉔**尚**：重視。

㉕**汩沒**：沉淪陷溺的意思。汩，音同「古」。

㉖**要**：音同「夭」，求的意思。

㉗**鄉**：音同「巷」，向的意思。

㉘**官資崇卑**：官職資歷的高低。

㉙**祿廩**：俸給、薪水。

㉚**是計**：作爲計較的重要事項。

㉛**更歷**：即經歷。

㉜**講習**：互相討論研習。

㉝**怛**：音同「答」，驚愕憂懼的意思。
㉞**痛心疾首**：語見《左傳》成公十三年。形容痛恨到了極點。痛疾，都是傷痛的意思。
㉟**蘊**：音同「運」，蘊藏儲積。
㊱**詭**：詭異違背。
㊲**心**：作動詞用，「用心」的意思。
㊳**起廢**：等於重建的意思。本已廢棄不用的地方，再度建設起來。

【作者】

陸九淵，字子靜，號存齋，晚號象山翁，學者稱象山先生。南宋金谿（今江西省金谿縣）人。生於高宗紹興九年（西元一一三九年）。幼好深思，舉止異凡兒。少聞靖康間事，慨然有復國之志。乾道八年進士，官知荊門軍。九淵以理學名家，其爲學出於自得，以「尊德性」爲主，事理求之我心，本體自誠而明，則萬物皆備於我；常謂心即此理，理即此心，此心有主，然後可以應天地萬物之變，故易簡而教，修養工夫由內而外者也。婺源朱熹之學以「道問學」爲主，重在致知，由博返約，由外而內者也。二子各執一端，遂有鵝湖之會，論辨是非，於是朱、陸兩派之爭，亙元、明、清三代而不息。而後世守死善道，昭節千古之人物所在多見者，實即源於陸學之以尊德性爲天下倡也。

光宗紹熙三年（西元一一九二年）卒，年五十四歲。謚文安。

陸氏主心性之學，常從大處著想，於活水源頭追尋，性不喜著書，嘗曰：「學苟知道，六經皆我註腳。」然其為文，實能融思想於筆端，字裏行間每見深義，耐人尋思。所論大抵徑要簡捷，思想敏銳，常有獨到之處。其《語錄》亦多能發人深省。今有《象山集》三十二卷，附《語錄》四卷傳世。

【題解】

本課文選自《象山先生全集》卷之二十三〈雜著〉〈白鹿書院論語講義〉。陸氏與朱熹俱一時大師，各立門戶，乃至鵝湖之會，論辯《太極圖說》，幾如冰炭；而淳熙二年，熹守南康，九淵訪之，熹延至白鹿洞書院講學，九淵為講此篇，聽者至有泣下，錄其文，熹為跋曰：「其言懇到明白，而皆有以切中學者隱微深痼之病，故聽者莫不悚然動心焉。」按此題原係《論語》〈里仁篇〉孔子之語，孟子亦嘗曰：「去利懷仁義以相接也。」是義利之辨，本儒門立身之首要。陸氏《語錄》有云：「凡欲為學，當先識義利公私之辨。」學者所以為人，能辨義利，始能為人也。

本篇為論說文。全文共分四段：首段敘來此演講之緣由。次段標舉本題，重在義利之辨，而切己觀省，首在辨志。三段言仕宦之途，惟利是喻，因勉諸生當專志乎義，並示其道焉。末段勉諸生毋輕負其志。題意雖在君子小人義利之判，而實則著眼於辨志之所向。志者，心之所之。心嚮往之，身亦隨之，行於是成，可不愼哉！方今功利思想充斥社會，故罔顧道義之事，遂屢見不鮮，而人皆有「格」，「格」之高下，端視辨志之所向。惟能辨志而篤行之，斯足以言振衰起敝，自立自強也。

【翻譯】

我雖自小就聽從父兄師長的教誨，不敢荒廢學業，但是天資遲鈍笨拙，學問始終沒有長進，每每自覺慚愧也自我警惕，恐怕最後辜負自己的初心，正想到各地訪求良師益友，切磋琢磨，互相勉勵，得到啓發，避免造成罪過。近來得以追隨秘書郎朱熹先生來到白鹿書堂，看見許多賢者聚集，看到這種盛況，私下暗自慶幸。秘書郎朱先生，教授楊先生，沒察覺我的愚笨，命我登上講臺，談談我聽過的道理。但我自認平庸無能，那敢擔任講席，再三推辭不掉，只好選取《論語》中的一章，說說我平日的感想，來回復兩位先生的命令；也希望大家多多指教！

孔子說：「君子明白義理，小人明白利益。」這章以義與利來分別君子和小人，主旨清楚明白。但是若不切身反觀自省，恐怕沒有任何幫助。我平常讀這章，心中頗有些感想。私下以爲讀書人要明白義理，首先要明白自己的志向。一個人明白的東西，是經由學習得來，學習的東西又一定是他志之所向。他的志向是「義」，所學習的一定以「義」爲核心；所學習的以「義」爲核心，那明白的就是義理。如果他的志向是「利」，所學習的一定以「利」爲核心；所學習的以「利」爲核心，那明白的就是利益了。所以讀書人立志之初，不可以不清楚辨別啊！

用考試的方法舉拔人才已經施行很久了，一些有名的學者和顯達公卿，都由此出身。現在的讀書人固然不能避免。但是考場的成敗，主要看是否能迎合主考官的好惡；並不能分辨出誰是君子、誰是小人。但現今世俗都以此互相推崇，致使讀書人沉淪在考試的得失之中而不能自拔，這些人整天讀聖賢書，但探求他內心的志向，恐怕與聖賢的志向背道而馳呀。再往上推演，官員念茲在茲的都是官位的高低、俸祿的多寡，怎麼可能盡心盡力爲國家做事，解除人民的痛苦，不辜負你的職責呢？在官場中，經歷多了，討論研習熟練了，怎會不明白呢？只是所明白的東西恐怕不是「義」吧！眞正能夠深刻地省察自己，不讓自己被歸類爲小人，那討論到與「利」相關的事時，必須驚恐警覺，爲之傷痛不已；專心立志於「義」，且自我勉勵，透過廣博學習、仔細查問、愼重思考、清楚辨別，實實在在地去施行。如此去做再進考場應試，那麼寫出來的文章，就是平日所學，心中所想，而且不會和聖人的思想相違背。用這種心性去從政，一定會慎重面對自己的職位，勤勞做好該做的事，一心一意，爲國爲民，不會爲自己謀劃得到什麼，這樣不就是個君子了嗎？

朱先生重建白鹿洞書院，他的心意誠懇實在！凡是來這裏求學的人，必定不會和他不同志向；我希望和各位先生互相勉勵，絕不辜負朱先生的心意！

司馬季主論卜

劉基

【原文】

東陵侯①既廢，過司馬季主②而卜焉。季主曰：「君侯③何卜也？」東陵侯曰：「久臥者思起，久蟄④者思啓，久懣⑤者思嚏。吾聞之：蓄⑥極則洩，閟⑦極則達，熱極則風，壅極則通。一冬一春，靡⑧屈不伸；一起一伏，無往不復。僕⑨竊有疑，願受教焉！」季主曰：「若是，則君侯已喻⑩之矣！又何卜爲？」東陵侯曰：「僕未究其奧也，願先生卒⑪教之。」季主乃言曰：「嗚呼！天道何親？惟德之親⑫。鬼神何靈？因人而靈⑬。夫蓍⑭，枯草也；龜⑮，枯骨也，物也。人，靈於物者也，何不自聽⑯而聽於物乎？且君侯何不思昔者也？有昔者必有今日。是故碎瓦頹垣⑰，昔日之歌樓舞館也；荒榛斷梗⑱，昔日之瓊蕤玉樹⑲也；露蛬風蟬⑳，昔日之鳳笙龍笛㉑也；鬼燐㉒螢火，昔日之金釭華燭㉓也；秋荼春薺㉔，昔日之象白駝峰㉕也；丹楓白荻，昔日之蜀錦齊紈㉖也。昔日之所無，今日有之不爲過㉗；昔日之所有，今日無之不爲不足㉘。是故一晝一夜，華㉙開者謝；一春一秋，物故者新。激湍㉚之下，必有深潭；高丘之下，必有浚谷㉛。君侯亦知之矣，何以卜爲？」

【註釋】

①**東陵侯**：即召平（召音同「邵」）。平，秦時封東陵侯。秦亡，爲布衣，貧，種瓜於長安城東。瓜美，世稱「東陵瓜」。事見《史記》〈蕭相國世家〉。

②**司馬季主**：楚人，精通天文星曆。漢初在長安賣卜。見《史記》〈日者列傳〉。案：季主與召平並無交涉，文中所述爲作者虛構。

③**君侯**：漢代對諸侯的尊稱。此處是客氣的稱呼，因爲當時召平已無爵祿。

④**蟄**：音同「直」，蟲類冬眠爲之蟄；在此意謂潛伏閉塞。

⑤**懣**：音同「悶」，氣悶。

⑥**畜**：通「蓄」，蓄積。

⑦**閟**：音同「必」，閉塞。

⑧**靡**：無。

⑨**僕**：對自己的謙稱。

⑩**喻**：通曉明白。
⑪**卒**：盡、徹底。
⑫**天道何親二句**：天道那裏會特別對誰親愛呢？只有對有德的人會比較親愛。語出《尚書》〈蔡仲之命〉：「皇天無親，惟德是輔。」
⑬**鬼神何靈二句**：鬼神那裏有什麼靈驗？因爲人們相信，所以靈驗。
⑭**蓍**：音同「士」，植物名，多年生草本。古人取其莖以占卜吉凶。
⑮**龜**：指龜甲。古人灼龜甲以卜吉凶。
⑯**聽**：信，相信。
⑰**碎瓦頹垣**：形容屋宇破敗傾頹。垣，音同「元」，牆。
⑱**荒榛斷梗**：形容園林荒蕪蕭條。榛，音同「珍」，草木叢生。梗，樹枝。
⑲**瓊蕤玉樹**：佳花美木，形容園林花木美盛。瓊，美玉。蕤，草木花盛垂掛的樣子。
⑳**露蛬風蟬**：指草野中的蟲鳴。蛬，音同「汞」，蟋蟀別名。
㉑**鳳笙龍笛**：指動聽的音樂。笙、笛皆管樂器。鳳笙謂笙形如鳳；龍笛爲笛身有龍形裝飾。
㉒**鬼燐**：鬼火、墳塋上的燐火。
㉓**金釭華燭**：金質的燈，華麗的燭；形容燈火通明、富麗堂皇的景象。釭，音同「岡」，燈也。
㉔**秋荼春薺**：時令野菜，指極普通的食物。荼，音同「途」，苦菜。薺，音同「技」。
㉕**象白駝峰**：指名貴的食物。象白，指象鼻；象鼻多脂色白，故云。駝峰，駱駝背上的肉峰。
㉖**署錦齊紈**：指華貴服飾。蜀以織錦聞名，齊以產細白絹聞名。紈，音同「丸」。

㉗**過**：在此意謂厚待。
㉘**不足**：在此意謂虧待。
㉙**華**：同「花」。
㉚**激湍**：急流。
㉛**浚谷**：深谷。浚，音同「俊」。

【作者】

劉基，字伯溫，處州青田（今浙江省青田縣）人。生於元武宗至大四年（西元一三一一年），卒於明太祖洪武八年（西元一三七五年），年六十五。

基博通經史，精曉天文、兵法、術數，《明史》以爲「諸葛孔明儔也」。元文宗至順間舉進士，曾任縣丞、儒學副提舉、行省郎中等職。後棄官隱居故鄉。明太祖起義，禮聘之，爲陳時務十八策。明代開國制度多爲基與宋濂、李善長等訂定。故太祖嘗以張良目之，譽爲「吾之子房」，封誠意伯。

基詩與高啓齊名，文則與宋濂同爲明初文宗。著有《誠意伯文集》。

【題解】

本文選自《誠意伯文集》。作者假託東陵侯與司馬季主的問答，闡論盛衰禍福之間各有其因果關係，世人不可以簡單的循環論律之，亦不可迷信命運，以致輕忽自身所應有的反省與作為。原文無題，為文集中《郁離子》〈天道篇〉的一則，今題為選文者所加。《郁離子》計十八篇，世人公認為劉基寓言散文的代表作。

【翻譯】

東陵侯被廢之後，拜訪司馬季主並且占卜。季主說：「侯爺，您卜卦要問什麼事呢？」東陵侯說：「躺久了就想起來，沉潛久了就想出去，胸中氣悶久了就想打噴嚏。我聽說：蓄積過滿就要宣泄，閉塞至極就要貫通，熱到極點就會起風，堵塞過度就會流通。有冬天就有春天，沒有只屈不伸的；有起就有伏，沒有只去而不回的。我心中有些疑惑，希望得到你的指點。」季主說：「依照您如此說法，君侯已經完全明白事理了，又何必要占卜呢？」東陵侯說：「我未能徹底理解個中奧妙，希望先生能盡量指點我。」季主於是說道：「唉！天道哪裏會特別對誰親愛呢？只對有德的人比較親愛。鬼神哪裏有什麼靈驗？因爲人們相信才會靈驗。蓍草只是枯草；龜甲只是枯骨；都是物。人比萬物更有靈性，爲什麼不相信自己，卻相信物類呢？而且您爲什麼不想想過去呢？有過去種種就必然有今日種種。所以，今日破敗傾頽的屋宇，就是過去華美的歌樓舞館；今日荒蕪蕭條的廢園，就是過去繁盛美好的林苑；今日風露中蟋蟀和蟬的鳴聲，就是過去笙笛演奏的動人音樂；今日墳頭鬼火草叢螢光，就是過去富麗堂皇的金燈華燭；現在當季的野菜如秋天的苦菜，春天的薺菜等，就是過去名貴的食物如象鼻駝峰；現在眼前是紅的楓葉，白的荻草，就是過去華貴色豔的蜀產織錦、齊產白絹。過去沒有的，現在有了不算過分厚待；過去有的，現在沒有了也不能算虧待。所以經過一晝一夜，盛開的花朵凋謝了；從秋天到春天，萬象更新。急流沖刷下，必定有深潭；高峻山丘下，必定有深谷。君侯也明白這些道理，爲何還要來占卜呢？」

指喻

方孝孺

【原文】

浦陽①鄭君仲辨，其容闐②然，其色渥③然，其氣充然，未嘗有疾也。他日，左手之拇有疹焉，隆起而④粟，君疑之以示人。人大笑，以爲不足患。既三日，聚而如錢，憂之滋甚，又以示人。笑者如初。又三日，拇之大盈握，近拇之指，皆爲之痛，若剟⑤刺狀，肢體心膂⑥無不病者。懼而謀諸醫。醫視之，驚曰：「此疾之奇者，雖病在指，其實一身病也，不速治，且能傷生。然始發之時，終日可愈；三日，越旬可愈；今疾已成，非三月不能瘳⑦。終日而愈，艾⑧可治也；越旬而愈，藥可治也；至於既成⑨，甚將延乎肝膈⑩，否亦將爲一臂之憂。非有以禦⑪其內，其勢不止；非有以治其外，疾未易爲⑫也。」君從其言，日服湯劑，而傅⑬以善藥。果至二月而後瘳，三月而神色始復。

余因是思之：天下之事，常發於至微，而終爲大患；始以爲不足治，而終至於不可爲。當其易也，惜旦夕之力，忽之而不顧；及其既成也，積歲月，疲思慮，而僅克之，如此指者多矣。蓋眾人之所可知者，眾人之所能治也，其勢雖危，而未足深畏；惟萌於不必憂之地，而寓⑭於不可見之初，眾人笑而忽之者，此則君子之所深畏也。

昔之天下，有如君之盛壯無疾者乎？愛天下者，有如君之愛身者乎？而可以爲天下患者，豈特瘡痏⑮之於指乎？君未嘗敢忽之；特以不早謀於醫，而幾至於甚病⑯。況乎視之以至踈⑰之勢，重之以疲敝之餘，吏之戕摩⑱剝削以速其疾者亦甚矣！幸其未發，以爲無虞而不知畏，此眞可謂智也與哉！

余賤，不敢謀國，而君慮周行果⑲，非久於布衣者也。傳不云乎：「三折肱而成良醫⑳。」君誠有位於時，則宜以揖病爲戒！

【註釋】

①**浦陽**：明縣名，即今浙江省浦江縣。
②**闐然**：強壯貌。闐，音同「田」。
③**渥然**：光潤貌。

④**而**：猶如。
⑤**剟**：音同「奪」，刺也。
⑥**膂**：音同「呂」，脊骨。
⑦**瘳**：音同「抽」，病癒曰瘳。
⑧**艾**：多年生草本，葉背生密毛，色灰白，嫩葉可食用，老葉曝乾，製爲艾絨，置病膚上，以暗火灼之，可以治病，謂之灸術。
⑨**既成**：謂疾已成。
⑩**膈**：音同「革」，即膈膜，介於腹腔與胸腔之間，亦稱橫膈膜。
⑪**禦**：遏止。
⑫**為**：治也。
⑬**傅**：猶敷，塗抹之意。
⑭**寓**：意謂隱藏。
⑮**痏**：音同「偉」，瘡也。
⑯**甚病**：謂重病。
⑰**疎**：忽略之意，疎本作疏。
⑱**戕摩**：猶言迫害。戕，音同「牆」。
⑲**慮周行果**：考慮周密，行動果決。
⑳**三折肱而成良醫**：《左傳》定公十三年：「三折肱，知爲良醫。」喻人多歷挫折，則經驗豐富，知

害之所在，而處之有方。肱，音同「工」，臂也。

【作者】

方孝孺，字希直，一字希古，明寧海（今浙江省寧海縣）人。生於元順帝至正十七年，卒於明惠帝建文四年（西元一三五七—一四〇二年），年四十六。

孝孺幼警敏強記，長從宋濂學，恆以明王道致太平爲己任。洪武二十五年以薦召，除漢中教授，轉任蜀獻王世子師。每見陳說道德，王尊以殊禮，名其書齋曰正學，學者因稱正學先生。惠帝時，爲侍講學士，旋改文學博士，國家大政，輒咨之。建文末，燕兵且渡江，或勸帝他幸；孝孺力請守京城，死社稷。及城陷，燕王命草詔，孝孺不屈死。弘光時，追諡文正。著有《遜志齋集》。

【題解】

本文借指病諷喻國政。人身之病，國政之患，皆起於細微。防微杜漸，則身保國治；輕忽蹉跎，則人亡國滅。此其大旨也。文分四段：首段敘鄭君拇病初發、蔓延、求醫、病痊之經過；次段歸到天下之禍害，常發於不必憂之地，寓於不可見之初，苟一忽之，終爲大害，一如此指者；三段痛陳愛天下者寡，而天下之隱憂滋多，在位者不知防患於未然，反而剝削民衆以速禍；末段勉鄭君他日爲官，當以拇病爲戒。

【翻譯】

浦陽鄭仲辨先生，他的外表強壯，他的臉色光潤，他的精神飽滿，未曾生過病。有一天，他左手拇指長了個疹子，隆起像顆小米，他有點疑慮就指給別人看。別人看了大笑，認爲不值得憂慮。三天以後，疹子腫得像個錢幣大小，他更擔心了，又指給別人看，別人還是笑他。又過了三天，左拇指越腫越大，大到右手掌握得滿滿的，靠近拇指的其他指頭，也疼痛得像被針刺一樣，四肢軀體、心臟、脊骨都不舒服。鄭君怕得去找醫生診治。醫生查看拇指，大驚說道：「這是一種奇特的病，雖然拇指發病，其實全身都有病，不趕快治療，將會傷害生命。但剛發病的時候，一天就能治好了；發病三天，就得十幾天才治得好；今病已成形，沒有三個月不能痊癒了。一天就能治好時，可用艾草來治療；十幾天能治好時，可用藥物來治療；現在病已成形，甚至可能會蔓延到肝臟與橫膈膜，否則也將有一臂殘廢的憂慮。如果不從體內遏阻它，病勢的蔓延就不會停止；不從體外治療它，病就不容易治好。」鄭君依照醫生的指示，每天服用湯藥，手上再敷上好的藥物。果然兩個月後病才好，三個月後氣色才恢復。

我因此想到：天下的事情，常從最微小的地方發生，最後形成大禍；微小時認為不值得處理，最後卻演變到無法收拾的地步。當它容易處理時，往往吝於花費一點點時間精力，選擇忽視而不理會它；等到禍患形成，就得耗費大量時間，絞盡腦力，還只能勉強克制，就像指病這情形的事太多了！大概一般人能瞭解的事，一般人就能處理，雖然看起來情況危險，卻不必太畏懼；只有發生在平日不憂慮的地方，徵兆還隱藏著不易發現，人們嘲笑忽視的事情，這才是君子深深畏懼的事。

以往天下情勢，能像鄭君您一樣強壯而沒有病痛嗎？所謂愛惜天下的人，能像您愛惜身體一樣愛惜嗎？然而足以成為天下禍患的事，那裏只是指頭上的一個瘡呢？鄭君從來不敢忽略指病；只因不早些找醫生診治，就幾乎釀成了重病。何況用如此輕忽的態度面對天下問題，再加上國力困乏，官吏又不擇手段地迫害侵奪，來加速問題的惡化！僥倖還沒發作，但若因此就認為一切沒事，而不知道害怕，這眞是明智的作為嗎？

我的身分微賤，不敢謀劃國事，可是您考慮周密、行動果決，絕非長久是個平民。《左傳》不是說過：「多次折斷手臂，經驗豐富之後就能成為良醫。」鄭君如果有機會當官時，應當以這次拇指長瘡的事作為警惕。

深慮論

方孝孺

【原文】

慮天下者，常圖其所難，而忽其所易；備其所可畏，而遺其所不疑。然而禍常發於所忽之中，而亂常起於不足疑之事。豈其慮之未周與？蓋慮之所能及者，人事之宜然；而出於智力之所不及者，天道也。

當秦之世，而滅六諸侯①，一天下；而其心以爲周之亡，在乎諸侯之強耳②，變封建而爲郡縣③，方以爲兵革不可復用，天子之位可以世守；而不知漢帝起隴畝之匹夫，而卒亡秦之社稷。漢懲④秦之孤立，於是大建庶孽⑤而爲諸侯，以爲同姓之親，可以相繼而無變；而七國萌篡弒之謀⑥。武、宣以後，稍削析之，而分其勢⑦，以爲無事矣；而王莽卒移漢祚⑧。光武之懲哀、平⑨，魏之懲漢⑩，晉之懲魏⑪，各懲其所由亡而爲之備；而其亡也，蓋出於其所備之外。唐太宗聞武氏之殺其子孫，求人於疑似之際而除之⑫，而武氏⑬日侍其左右而不悟。宋太祖見五代方鎮之足以制其君，盡釋其兵權，使力弱而易制⑭，而不知子孫卒困於夷狄⑮。此其人皆有出人之智，負蓋世之才，其於治亂存亡之幾⑯，思之詳而備之審矣；慮切於此，而禍興於彼，終至於亂亡者，何哉？蓋智可以謀人，而不可以謀天。良醫之子，多死於病；良巫之子，多死於鬼。彼豈工於活人而拙於活己之子哉？乃工於謀人而拙於謀天也。

古之聖人，知天下後世之變，非智慮之所能周，非法術之所能制；不敢肆其私謀詭計，而惟積至誠，用大德，以結乎天心；使天眷其德，若慈母之保赤子而不忍釋。故其子孫，雖有至愚不肖者足以亡國，而天卒不忍遽亡之⑰，此慮之遠者也。夫苟不能自結於天，而欲以區區之智，籠絡當世之務，而必後世之無危亡，此理之所必無者也，而豈天道哉？

【註釋】

①**六諸侯**：指戰國時齊、楚、燕、韓、魏、趙六諸侯。

②**周之亡，在乎諸侯之強耳**：周平王東遷，西周豐、鎬一帶疆土，漸入於秦。洛邑爲王城，畿內尚有方六百里。其後王室日衰，鄭、晉、楚等國侵削王畿。至戰國時，周地更爲韓、秦等國所侵蝕。

後分爲西周（都王城）、東周（都鞏縣）二部。秦昭襄王滅西周，莊襄王滅東周，周遂不祀。

③**變封建而為郡縣**：相傳黃帝畫野分州，得百里之國萬區，爲我國封建之始。至周定五等之爵，分封天下，子孫世襲，久之漸與王事疏離，終致尾大不掉，造成戰國分崩，周因之以亡。秦始皇統一中國後，廢封建，置郡縣，分海內爲三十六部，郡以下置縣。

④**懲**：戒也。

⑤**庶孽**：衆子也。長男以下之子曰庶，非嫡正之子曰孽。

⑥**七國萌簒弒之謀**：漢景帝時，鼂錯建言削減諸王封地，七國遂反，以誅錯爲名。後被竇嬰、周亞夫討平。七國爲：吳王濞（音同「僻」）、楚王戊、趙王遂、膠西王卬（音同「昂」）、濟南王辟光、菑（音同「姿」）川王賢及膠東王雄渠。

⑦**武、宣以後，稍剖析之，而分其勢**：武帝從主父偃之議，使諸侯王得以食邑分封子弟，其勢遂弱。昭、宣以後，均承襲此政策。

⑧**王莽卒移漢祚**：王莽終於簒漢。王莽，字巨君（西元前四五—西元二三年），漢東平陵（今山東省歷城縣）人。本孝元皇后之姪，後爲大司馬，秉政。平帝時，以女爲后，獨攬朝政，號安漢公，加九錫；旋弒平帝，立孺子嬰，居攝踐祚，稱假皇帝；尋簒位自立，改國號新，世稱新莽。光武起兵討之，莽敗被殺。

⑨**光武之懲哀、平**：光武之哀帝、平帝時王莽之禍爲鑑戒；躬攬魁柄，防閑姻戚，不任三公以事，而政歸於臺閣，其後遂成宦寺之禍。貴戚樊氏（光武母家）郭氏、陰氏（皆后家），雖多位列通侯，但不居權要。

⑩**魏之懲漢**：曹丕以漢多外戚之禍爲戒，黃初三年（西元二二二年）下詔：群臣不得奏事太后；后族之家，不得當輔政之任，又不得橫受茅土之爵（妄受諸侯爵位）。

⑪**晉之懲魏**：晉以魏爲戒。司馬炎代魏而有天下，鑑於魏之孤立，大封宗室於要地，致肇八王之亂；又去州郡武備，召五胡之禍。

⑫**求人於疑似之際而除之**：唐太宗貞觀二十二年（西元六四八年），民間傳《秘記》（讖緯之書）云：「唐三世之後，女主武王代有天下。」上惡之，密問太使令李淳風：「《秘記》所云，信有之乎？」對曰：「臣仰稽天象，俯察曆數，其人已在陛下宮中爲親屬，自今不過三十年，當王天下，殺唐子孫殆盡，其兆既成矣。」上曰：「疑似者盡殺之，何如？」對曰：「天之所命，人不能違也。王者不死，徒多殺無辜。」上乃止。事見《資治通鑑》〈唐紀〉十五。

⑬**武氏**：武則天，名曌（音同「兆」）（西元六二四—七〇五年），文水（今山西省文水縣）人。唐太宗才人，太宗崩，出爲尼。高宗立，復入宮，尋立爲皇后。高宗崩，中宗立，后臨朝稱制；尋廢中宗，立睿宗；又廢睿宗而自立稱帝，改國號曰周。晚年被迫歸政，中宗復位，上尊號曰則天大聖皇帝，世稱武則天。

⑭**宋太祖……使力弱而易制**：宋太祖建隆二年召諸鎮節度，會於京師，賜第留之，分命朝廷文臣出守列郡，號知州軍事。自此藩鎮割據之禍除。方鎮，謂統領兵權，鎮守一方者。《新唐書》載有〈方鎮表〉。

⑮**子孫卒困於夷狄**：北宋爲遼、夏所侵陵，年輸金帛以求和平。欽宗靖康二年（西元一一二七年），金兵陷汴京，擄徽、欽二帝北去。南宋對金稱臣稱姪，屈辱尤甚。最後爲蒙古所滅。

⑯**幾**：音同「肌」，預兆。《周易》〈繫辭傳〉下：「幾者，動之微，吉之先見者也。」

⑰**積至誠……不忍遽亡之**：《遜志齋集》卷二〈深慮論〉七：「漢唐之高祖，或起於隴畝，或興於世族，非有數十世之積累，如周之先公，而傳數百年之久，謂不由於天命，亦不可也。然則安所決乎？有累世之積，而又有聖人之德者必王，王必久而後亡，成周是也。雖無積於其先而有聖人之心者，亦必王；其亡也，必與積久者異，漢、唐是也。二者俱不足以王而得位者，僥倖乎天命者也，暫假之而已矣，秦、隋、五代是也。」

【作者】

方孝孺，見本書第136頁〈指喻〉作者簡介。

【題解】

本文選自《遜志齋集》，屬論說文之論辨類。指在說明慮天下者不可徒恃智術，籠絡天下；應積至誠，用大德，深結乎天心。《尚書》〈泰誓〉云：「天視自我民視，天聽自我民聽。」天心即民心也。

孝孺申明治國之道，作〈深慮論〉十篇，此爲第一篇。全篇以天道爲綱領，反覆申論配應天道之要。而歷代開國之君，竭盡思慮，各懲前世之失而爲之備，乃終不免於危亡者，蓋本末倒置，用智術而失民心也。林西仲曰：「正學先生之文，正大罕匹，此尤其醇乎醇者。」

【翻譯】

思慮國家大事的人，常策劃他認為困難的事情，卻忽略他們認為容易的事；防備他們認為值得畏懼的事，卻遺漏他們毫不懷疑的事。然而災禍常常發生在疏忽的地方，變亂常常出現在不值得疑慮的事上。難道是他們的思慮不周密嗎？原因是思慮能想到的，是人事發展應該如此的情況，而超出智力所能達到的範圍，那是天道啊！

當秦始皇消滅諸侯，統一天下，他一心以為周朝的滅亡，在於諸侯的強大罷了，於是改封建制為郡縣制。正以為兵器可以不必再用，天子的尊位可以世代保有，卻不料漢高祖以一個崛起於鄉閭田隴的平民，最終滅亡了秦朝。漢代鑑於秦王室的孤立無援，於是大量分封宗親衆子為諸侯，以為同姓的親屬可以世代繼承政權，不生變亂，然而吳、楚等七國還是萌生了篡位弒君的陰謀。漢武帝、宣帝之後，稍微割裂諸侯的土地，分散他們的勢力，以為可以平安無事，然而外戚王莽最終奪取了漢家的皇位。東漢光武帝以西漢哀帝、平帝時王莽之禍為鑑戒，魏文帝以東漢多外戚之禍為鑑戒，晉武帝以魏的孤立爲鑑戒，各自借鑑前代滅亡的原因而進行防備，但是他們滅亡的原因，都出於他們防備以外的事情。唐太宗聽說姓武的人將會殺害他的子孫，就想找出可疑的人全部殺掉，但武則天每天侍奉在他身邊，他卻不能省悟。宋太祖看到五代的藩鎮足以控制君王，便全面解除藩鎮的兵權，使他們力量薄弱，容易控制，卻沒料到他的子孫最終受困於夷狄。這些人都有超出常人的智慧、蓋世的才華，對國家治亂存亡的預兆，思慮詳盡，防備周密。在這方面思慮如此，但災禍卻從那方面發生，最終到了混亂滅亡的地步，原因是什麼呢？因爲智力可以謀劃人事，卻無法謀劃天道。高明醫師的兒子很多死於疾病，高明巫師的兒子很多死於鬼魅，他們難道善於救活別人，而不善於救活自己的子女嗎？其實是善於謀劃人事而不善於謀劃天道啊！

古代聖明的君王，知道天下後世的變化，不是智慧思慮能考慮周全的，也不是法律權術能控制的，因此不敢放縱施展私謀詭計，只是積累至誠，施用大德，來結合天心，使上天顧念他的德業，像慈母保護嬰兒一般不忍心捨棄。所以他的子孫雖然有非常愚笨不賢、足以亡國的人，上天卻終究不忍心使他立刻滅亡，這才是思慮深遠的人啊！假如自己行事不能結合天心，卻想憑藉小小的智謀，控制當代的事務，而且想使後代子孫沒有危險滅亡，這在道理上是必然沒有的，難道這是天道嗎？

瘞旅文

王守仁

【原文】

維①正德②四年秋月三日，有吏目③云自京④來者，不知其名氏，攜一子、一僕，將之任⑤，過龍場⑥，投宿土苗家⑦。予從籬落⑧間望見之，陰雨昏黑，欲就問訊北來事，不果⑨。明早，遣人覘⑩之，已行矣。薄午⑪，有人自蜈蚣坡⑫來，云：「一老人死坡下，傍兩人哭之哀。」予曰：「此必吏目死矣。傷哉！」薄暮，復有人來云：「坡下死者二人，傍一人坐哭。」詢其狀，則其子又死矣。明日，復有人來云：「見坡下積尸三焉。」則其僕又死矣。嗚呼傷哉！

念其暴骨⑬無主，將⑭二童子持畚鍤⑮往瘞⑯之，二童子有難色然⑰。予曰：「噫！吾與爾猶彼也！」二童閔然⑱涕下，請往。就其傍山麓⑲爲三坎⑳，埋之。

又以隻雞、飯三盂㉑，嗟吁涕洟㉒而告之曰：「嗚呼，傷哉！繄㉓何人？繄何人？吾龍場驛丞㉔餘姚㉕王守仁也。吾與爾皆中土之產，吾不知爾郡邑㉖，爾胡爲乎㉗來爲茲山之鬼乎？古者重去其鄉㉘，遊宦㉙不踰千里。吾以竄逐㉚而來此，宜也。爾亦何辜㉛乎？聞爾官，吏目耳；俸不能五斗㉜，爾率妻子躬耕㉝可有也；胡爲乎以五斗而易爾七尺之軀㉞？又不足，而益以爾子與僕乎？嗚呼傷哉！爾誠念茲五斗而來，則宜欣然就道。胡爲乎吾昨望見爾容，蹙然㉟蓋㊱不勝其憂者？夫衝冒霜露，扳援崖壁，行萬峰之頂，飢渴勞頓㊲，筋骨疲憊㊳；而又瘴癘㊴侵其外，憂鬱攻其中，其能以無死乎？吾固知爾之必死，然不謂若是其速，又不謂爾子、爾僕，亦遽然奄忽㊵也！皆爾自取，謂之何哉？

吾念爾三骨之無依而來瘞耳，乃使吾有無窮之愴㊶也！嗚呼傷哉！縱不爾瘞，幽崖㊷之狐成群，陰壑㊸之虺㊹如車輪，亦必能葬爾於腹，不致久暴露爾。爾既已無知，然吾何能爲心乎？自吾去父母鄉國而來此，三年矣；歷瘴毒而苟能自全，以吾未嘗一日之戚戚㊺也。今悲傷若此，是吾爲爾者重，而自爲者輕也；吾不宜復爲爾悲矣。吾爲爾歌，爾聽之！

歌曰：『連峰際天兮㊻，飛鳥不通。遊子㊼懷鄉兮，莫知西東。莫知西東兮，維㊽天則同。異域殊方㊾兮，環海之中㊿。達觀隨遇兮，奚必予宮(51)。魂兮魂兮，無悲以恫(52)！』

又歌以慰之曰：『與爾皆鄉土之離兮！蠻之人言語不相知兮！性命不可期！吾苟死於茲兮，率爾子僕，來從予兮！吾與爾遨⑤③以嬉兮，參紫彪而乘文螭兮⑤④，登望故鄉而噓唏⑤⑤兮！吾苟獲生歸兮，爾子爾僕尚爾隨兮，無以無侶悲兮！道傍之冢纍纍兮，多中土之流離⑤⑥兮，相與呼嘯⑤⑦而徘徊⑤⑧兮！餐風飲露，無爾飢兮！朝友麋鹿⑤⑨，暮猿與栖⑥⓪兮！爾安爾居兮，無為厲⑥①於茲墟⑥②兮！』」

【註釋】

①**維**：發語辭，無義。

②**正德**：明武宗年號。

③**吏目**：官名。元於提舉司及諸州置吏目。明所置尤多，內而太醫院及各衛，外而安撫、招討、長官、市舶、鹽課諸司，及各千戶所，各州皆置之。其職事除太醫院吏目與醫士相同外，皆掌緝捕盜賊、防獄囚、典簿籍、卑職也。

④**京**：明都北京。

⑤**將之任**：之，往也，將往就任。

⑥**龍場**：在今貴州修文縣境內，為漢苗雜居之地。

⑦**土苗**：當地之苗族。
⑧**籬落**：俗稱籬笆。《抱朴子》〈自敘〉：「貧無僮僕，籬落頓決。」
⑨**不果**：未能實行。
⑩**覘**：音同「沾」，窺視也。
⑪**薄午**：近午。薄，迫近也。
⑫**蜈蚣坡**：地名。
⑬**暴骨**：暴，音同「鋪」，顯露也；謂暴露尸骨於原野也。
⑭**將**：攜挈、率領。
⑮**畚鍤**：畚，音同「本」，承泥土之畚箕。鍤，音同「茶」，掘土之鐵鍬。
⑯**瘞**：音同「亦」，埋葬也。
⑰**有難色然**：似乎面露爲難之色。
⑱**閔然**：閔與憫通，閔然，哀憐貌。
⑲**山麓**：山足也。
⑳**坎**：穴也。
㉑**盂**：音同「于」，盛飲食之具。
㉒**嗟吁涕洟**：嗟吁，嗟歎也。涕，淚也；洟，鼻液也。
㉓**繄**：音同「一」，與伊通，《詩》〈秦風・蒹葭〉：「所謂伊人。」箋：「伊當作繄；繄，是也。」

㉔**驛丞**：古時傳遞官文書之所曰驛站，司驛站事之官曰驛丞。
㉕**餘姚**：縣名，今浙江餘姚縣。
㉖**郡邑**：郡猶府，邑猶縣。
㉗**胡為乎**：何故。
㉘**重去其鄉**：謂不輕離其鄉。
㉙**游宦**：謂出而求仕也。
㉚**竄逐**：放逐也。古時官吏得罪，謫貶至邊遠地方，謂之竄逐。
㉛**爾亦何辜**：爾，汝、你之意。辜，罪、過錯。
㉜**五斗**：謂俸之薄也。晉陶淵明云：「吾不能為五斗米折腰。」
㉝**躬耕**：親自耕種。
㉞**七尺之軀**：古尺短，以七尺為人身之長度。《荀子》〈勸學篇〉：「曷足以美七尺之軀哉。」
㉟**蹙然**：憂愁貌。蹙，音同「促」。
㊱**蓋**：傳疑語詞，有大概如此之意。
㊲**頓**：困頓。
㊳**憊**：音同「貝」，倦極也。
㊴**瘴癘**：瘴，音同「丈」，癘，音同「力」。山林間溼熱鬱蒸之氣，能使人中毒生病，內病為瘴，外病為癘。
㊵**奄忽**：急遽貌。遽然奄忽，為死之速也。

㊶**愴**：悲傷。
㊷**幽崖**：幽僻之山崖。
㊸**陰壑**：陰暗之山谷。
㊹**虺**：音同「悔」，毒蛇。
㊺**戚戚**：憂懼也。
㊻**兮**：語助詞，孔廣居《說文疑疑》云：「兮，詩歌之餘聲也。」
㊼**遊子**：人之遠遊在外者。
㊽**維**：同惟。
㊾**異域殊方**：謂非中原也。
㊿**環海之中**：猶言海內也。
(51)**達觀隨遇兮，奚必予宮**：宮，室也。謂能達觀則隨遇而安，不避居己之室也。
(52)**恫**：音同「通」，痛也。
(53)**遨**：音同「敖」，遊也。
(54)**參紫彪而乘文螭兮**：參通驂。驂，駕三馬也，參猶駕也。彪音同「包」，小虎也。謂以紫彪駕車也。螭，音同「吃」，似龍而無角，身有文采，故云文螭。
(55)**噓唏**：噓音同「虛」，唏音同「西」，又作歔欷悲泣太息也。
(56)**流離**：謂流落離散而不能歸者。
(57)**呼嘯**：招呼同類也，噓氣外出曰呼，蹙口出聲曰嘯。

㊽**徘徊**：流連往復也。
㊾**麋鹿**：麋爲鹿類，形似鹿而體較大。
㊿**暮猿與栖**：暮與猿栖也。
(61)**厲**：惡鬼也。
(62)**墟**：丘墓也。

【作者】

王守仁，字伯安，明浙江餘姚人。嘗築室於會稽山之陽明洞，學者稱爲陽明先生。生於憲宗成化八年，卒於世宗嘉靖七年（西元一四七二—一五二八年），年五十七。

守仁聰明過人，性情豪邁。十五歲時，出遊長城居庸關外，即慨然有經略四方之志。年二十八，中進士，任職刑部主事。武宗正德元年，以上書救戴銑等，忤奸宦劉瑾意，受廷杖幾死，貶爲龍場驛驛丞。五年劉瑾被誅，遷廬陵知縣。十一年，任左僉都御史巡撫南贛汀漳等處，平定漳南、橫水、桶岡、大帽山之寇。十四年，寧王宸濠反，起兵討平，厥功最偉。十六年，陞南京兵部尚書，封新建伯。世宗嘉靖元年，遭父喪，退居家鄉。六年，朝令以都察院左都御史總督兩廣，平定思恩、田州土酋之亂，破八寨、斷藤峽諸蠻賊。七年十月，告病歸，十一月，行至江西南安（今大庾）卒。穆宗隆慶元年，追贈新建侯，謚文成。

守仁早歲泛濫詞章佛老之學，三十七歲謫龍場時，居夷處困，因念聖人處此更有何道，忽悟格物致知之旨。自此知「即心即理」，無「向外馳求」之誤。次年，始標「知行合一」之說，以鼓勵學者力行。其後，經宸濠之亂，又遭小人誣陷，動心忍性，所學益進。五十歲時，始拈出「致良知」三字爲講學宗旨。弟子遍天下，稱爲姚江學派。以與宋儒陸九淵思想相近，學術史上並稱陸王。日本學者亦推尊之，號爲陽明學。

守仁長於詩文，文爲當時古文正宗，詩亦秀逸有致。卒後，門弟子編訂《王文成公全書》三十八卷傳世。

【題解】

本篇爲抒情文，亦哀祭文之一體，王守仁謫居龍場時作。瘞，埋也，埋葬行旅之人而哀以文，故曰〈瘞旅文〉。守仁所養有素，謫居瘴癘之鄉，與死爲鄰，而胸中灑灑，未嘗一日憂戚。今以掩埋吏目，觸景傷情，不覺悲哀若此。歌詞雖以達觀隨遇爲言，仍就己之或死或歸兩意發揮，詞似曠達，意實悲愴，蓋悲吏目，亦自悲也。此文情調淒絕，非常動人。對素不相識未交一言之吏目而情意深厚若此，具見其同情心之偉大矣。

【翻譯】

明武宗正德四年七月三日，有一個吏目從北京來，不知他姓名。帶著一個兒子、一個僕人，將要上任。路過龍場，投宿在一戶苗族人家。我從籬笆間望見他，當時陰雨，天色昏暗，想靠近他打聽北方的情況，沒問成。第二天早上派人去探視，他已經走了。近午時刻，有人從蜈蚣坡來，說：「有一個老人死於山坡下，旁邊兩人哭得很傷心。」我說：「那一定是吏目死了，眞可悲啊！」傍晚又有人來說：「山坡下死了兩個人，旁邊一個人坐著哭泣。」問他的樣子，就知道吏目的兒子也死了。隔天，又有人來說：「看見山坡下堆了三具屍體。」那麼吏目的僕人也死了。唉！眞可悲啊！

想到他們屍骨暴露在荒野，無人認領，我就帶著兩個童僕，拿著畚箕和鐵鍬前去埋葬他們。兩個童僕面露爲難的神色，我說：「唉！我和你們，本像他們一樣啊！」兩個童僕憐憫地流下眼淚，要求一起去。於是在山腳下挖了三個坑，把他們埋了。

又供奉一隻熟雞、三碗飯，一面嘆息，一面流著眼淚，向死者祭告說：「唉！悲傷啊！你們是什麼人？什麼人啊？我是龍場驛的驛丞，餘姚王守仁！我和你都是中原人氏，我不知你的故鄉是何郡何縣？你爲何來當這個山區的鬼魂呢？古人不輕易離開家鄉，到他鄉做官也不會超越千里。我是因爲流放才來到這裏，理所當然，你又有什麼罪過而非來不可呢？聽說你的官職，僅是一個小小的吏目而已，薪俸連五斗米都拿不到，假如你帶著老婆小孩耕種就可以有五斗米，爲何竟爲這五斗米而陪上自己性命呢？這還不夠，竟還陪上你兒子和僕人的性命呢？唉！眞是太悲傷了！你若眞的貪戀這五斗米，那就應該高高興興地上任，爲何我昨天看到你皺著眉頭，面有愁容，好像有無限憂愁呢？你冒著霜露瘴霧，攀援懸崖峭壁，行走於群峰山頂上，饑渴勞頓，身體疲累，而在外受瘴癘之氣侵犯，內有憂愁抑鬱交戰於心，哪能不死呢？我本就知道你一定會死，可是沒想到這麼快，更沒想到你的兒子和僕人也相繼死去，這些都是你自找的，說了有什麼用呢？

我顧念你們三具屍骨無所歸依才來埋葬，竟然使我產生無限的悲痛。唉！可悲啊！縱然我不埋葬你們，深山裏的狐狸成群，山谷裏的巨蟒大如車輪，也一定能將你們埋葬於腹中，你們屍骨不致長久暴露在外。你們已經沒有知覺，可是我怎麼忍心呢？自從我離開家鄉來到這裏，已經三個年頭，經歷瘴霧毒氣，還能保全生命，是因爲我不曾有一天的憂戚。今天悲傷到這個地步，是我爲你想得多，而爲自己想得少。我不應該再爲你悲傷了。我來爲你唱首輓歌，你請聽著。

歌詞是：『山峰相連高接雲天啊，飛鳥也難越過。遊子懷念故鄉啊！分不清東西。分不清東西啊，只是天空是相同的。異地他鄉啊，總是在四海環繞之中。只要看得開、想得通，就可以到處爲家，何必一定在自己的家鄉？魂魄啊魂魄！不要再悲傷哀痛！』

再唱一首輓歌來安慰你：『我和你都是離開故鄉的人啊！和南蠻之人語言不通。人的壽命不可預期，假如我死在這裏，你就率領兒子和僕人之魂來追隨我。我和你遨遊嬉戲呀！駕著紫虎，乘著文龍，登高望著故鄉悲嘆啊！假如我能活著回去，你的兒子和僕人仍會伴隨著你，不必因沒人作伴而悲傷。路旁的墳冢一座又一座啊！大多是中原流離到此而死的啊！你們一起徘徊又說又唱，吃清風喝露水，也不會饑餓啊！早晨與麋鹿爲友，傍晚與猿猴棲息在一起，你安心地在你的墓中，不要化爲厲鬼擾亂附近的村落哦！』」

先妣事略

歸有光

【原文】

先妣周孺人①，弘治②元年二月十一日生。年十六來歸③。踰年④，生女淑靜；淑靜者，大姊也⑤。期⑥而生有光。又期而生女、子⑦，殤一人⑧。期而不育⑨者一人。又踰年，生有尚，妊十二月⑩。踰年，生淑順。一歲，又生有功。

有功之生也，孺人比乳他子加健⑪。然數顰蹙⑫顧諸婢曰：「吾爲多子苦！」老嫗以杯水盛二螺進，曰：「飲此後，妊不數矣。」孺人舉之盡⑬，喑⑭，不能言。

正德⑮八年五月二十三日，孺人卒。諸兒見家人泣，則隨之泣，然猶以爲母寢也。傷哉！於是家人延畫工畫，出二子，命之曰：「鼻以上畫有光，鼻以下畫大姊。」以二子肖⑯母也。

孺人諱⑰桂。外曾祖⑱諱明；外祖諱行，太學生⑲；母何氏。世居吳家橋，去縣城東南三十里。由千墩浦⑳而南，直橋㉑並㉒小港以東，居人環聚，盡周氏也。外祖與其三兄皆以貲雄㉓；敦尚簡實㉔，與人姁姁㉕說村中語，見子弟甥姪無不愛。

孺人之吳家橋，則治木棉㉖；入城，則緝纑㉗；燈火熒熒㉘，每至夜分㉙。外祖不二日使人問遺㉚。孺人不憂米、鹽，乃勞苦若不謀夕㉛。冬月鑪火炭屑，使婢子爲團，累累暴㉜階下。室靡㉝棄物，家無閒人。兒女大者攀衣，小者乳抱㉞，手中紉綴㉟不輟，户內灑然㊱。遇㊲童僕有恩，雖至箠楚㊳，皆不忍有後言㊴。吳家橋歲致㊵魚、蟹、餅餌，率㊶人人得食。家中人聞吳家橋人至，皆喜。

有光七歲，與從兄有嘉人學；每陰風細雨，從兄輒留㊷，有光意戀戀，不得留也㊸。孺人中夜覺寢㊹，促有光暗誦《孝經》㊺，即熟讀，無一字齟齬㊻，乃喜。

孺人卒，母何孺人亦卒。周氏家有羊狗之痾㊼；舅母卒；四姨歸顧氏㊽又卒；死三十人而定㊾，惟外祖與二舅存。

孺人死十一年，大姊歸王三接㊿，孺人所許聘者也。十二年，有光補學官弟子(51)。十六年而有婦，孺人所聘者也。期而抱女，撫愛之，益念孺人。中夜與其婦泣，追惟(52)一二，彷彿如昨，餘則茫然(53)矣。世乃有無母之人，天乎！痛哉！

【註釋】

①**先妣周孺人**：《禮記》〈曲禮〉下：「天子之妃曰后，諸侯曰夫人，大夫曰孺人」。明代七品官員妻封孺人。
②**弘治**：明孝宗年號。
③**來歸**：女子謂嫁曰歸。就夫家言，曰來歸。
④**踰年**：過一年。
⑤**淑靜者大姊也**：特著此一語，以與下文「鼻以下畫大姊」相貫。
⑥**期**：周年。
⑦**又期而生女子**：又周年而雙生一女一子。
⑧**殤一人**：夭死曰殤。一人，即所生雙胞中之一人。
⑨**不育**：亦猶「殤」義，謂不能養育長大也。
⑩**妊十二月**：妊，婦人懷胎也。妊十二月，謂懷胎十二月始生。
⑪**比乳他子加健**：乳，生子也。謂孺人生有功時，較生他子爲康健。
⑫**數顰蹙**：數，音同「朔」，屢也。下「妊不數」同。顰蹙，緺眉蹙額，憂愁不樂之貌。
⑬**舉之盡**：舉杯飲之盡。

⑭**喑**：音同「音」，喑啞失聲。

⑮**正德**：明武宗年號。

⑯**肖**：似、像。

⑰**諱**：死者之名曰諱。古人對已死之尊長，不敢直稱其名，以示敬。書寫時遇與尊長名相同之字，則代以他字，或缺末筆不書。不得已而必書其名者，稱爲諱某，其字仍空格，由他人代塡。

⑱**外曾祖**：母之祖父。

⑲**太學生**：亦稱國子監生。明制：令天下擇諸生學行優異者，送國子監就學，稱國子監生。國子監，國之太學，故亦借稱太學生。自景泰四年後，納粟入官，亦可取得監生資格。

⑳**千墩浦**：亦作茜墩，在江蘇崑山縣東南約二十一公里。

㉑**直橋**：猶言當橋、對橋。橋即吳家橋。

㉒**並**：並，音同「棒」，依傍也。《史記》〈秦始皇本紀〉：「並陰山至遼東。」《正義》：「傍陰山東至遼東。」

㉓**以貲雄**：貲，音同「資」，財富。雄，雄長。謂外祖家以財富稱雄。

㉔**敦尚簡實**：敦尚猶言崇尚。言崇尚簡易與篤實。

㉕**姁姁**：音同「許」，和好貌。《漢書》〈韓信傳〉：「言語姁姁。」

㉖**木棉**：木棉爲熱帶植物，江蘇無之。此當指普通草棉，別於蠶絲，而名以木棉（俗稱棉花）。

㉗**緝纑**：謂治麻也。麻既漚以後，績之爲縷，曰緝，纑，縷也。

㉘**熒熒**：微明狀。

㉙**夜分**：夜半。

㉚**問遺**：遺，音同「未」，餽贈也。問與遺同義，《詩經》〈鄭風．女曰雞鳴篇〉：「雜佩以問之。」《傳》：「問，遺也。」《左傳》哀公二十六年：「衛侯以弓問子貢。」問，亦餽贈也。

㉛**若不謀夕**：《左傳》昭公元年：「老夫（趙孟自稱）罪戾是懼，焉能恤遠；吾儕偷食，朝不謀夕，何其長也。」按《左傳》文意謂欲苟免目前，不能念長久，故曰：「朝不謀夕」。歸文取以形容母氏勤勞，雖不憂米鹽，而汲汲操作，一若家境窘迫，朝食既罷，即不知晚餐何所之狀。用前人成語而意義微有不同。

㉜**暴**：音同「鋪」，曬也。字亦作曝。

㉝**靡**：無也。

㉞**乳抱**：抱懷中哺乳也。

㉟**紉綴**：縫紉補綴。

㊱**灑然**：整潔貌。

㊲**遇**：待遇。

㊳**箠楚**：箠，音同「垂」，杖也。楚，荊木也。皆扑撻之具，此處用作動詞，言以箠楚責打也。

㊴**後言**：《書》〈益稷〉：「汝無面從，退有後言。」後言，謂背後非議之言。

㊵**致**：送致、送到。

㊶**率**：大抵也。《史記》〈老莊申韓列傳〉：「率寓言也。」謂大抵皆寓言也。

㊷**從兄輒留**：伯父、叔父之子，年長於己者，稱從兄；從，音同「粽」。留，謂留家輟學。

㊸**意戀戀不得留也**：言己雖亦留戀，而不得留家，明孺人不事姑息，雖天候不佳，亦必遣使入學也。
㊹**中夜覺寢**：夜半睡醒也。覺，音同「叫」。
㊺**暗誦《孝經》**：暗誦謂低聲背誦。《孝經》，書名，十三經之一，孔子爲曾子陳孝道而作。
㊻**即熟讀無一字齟齬**：即，假如也。齟，音同「舉」；齬，音同「宇」。齟齬，本義爲齒不整齊相當，引伸爲不順暢。如誦書爛熟，無一字不順口，則孺人喜。明孺人教子督責之嚴。
㊼**羊狗之痾**：痾，病也。羊狗之痾，語本《漢書》〈五行志〉，當指時疫而言，蓋謂由羊狗疫而蔓延至人之傳染病也。或釋爲羊癲風，但羊癇非急性傳染病，似釋時疫較合。
㊽**四姨歸顧氏**：姨，母之姊妹。嫁顧氏之四姨。
㊾**死三十人而定**：定，停止安定也。
㊿**王三接**：字汝康，江蘇太倉人，第進士，曾官河東都轉運使。
51**補學官弟子**：學官，即學宮。《漢書》〈循吏．文翁傳〉：「文翁爲蜀郡守，修起學官於成都市中，招下縣子弟，以爲學官弟子。」補學官弟子，即中秀才。弟子，即生員也。
52**追惟**：追思也。
53**茫然**：茫昧不能省記。

【作者】

歸有光，字熙甫，明崑山(今江蘇崑山縣)人，生於武宗正德元年，卒於穆宗隆慶五年（西元一五〇六—一五七一年），年六十六。

有光九歲能屬文，弱冠通五經、三史。世宗嘉靖十九年，舉鄉試，會試八次不第。徙居安亭江上，讀書講學者二十餘年，生徒常數百人，學者稱為震川先生。嘉靖四十四年始成進士，年垂六十矣。初授長興令，用古教化為治，遇訟案，斷畢即遣去，不羈押，大吏惡其寬，調順德通判，管馬政，以進士為小吏，明世唯有光一人。隆慶四年，以大學士高拱薦為南京太僕寺承，留掌內閣制敕房，與修《世宗實錄》，卒於官。有《震川文集》、《易經淵旨》、《三吳水利錄》、《文章指南》、《評點史記》諸書。

有光為文，取法韓、歐，尤好太史公書，得其神理。時王世貞、李攀龍論文力主秦漢，天下推為文宗。有光獨抱《史記》、唐宋諸家文集，與弟子講授於荒江老屋間，毅然與之抗，至詆世貞為庸妄臣子。惟有光名位不顯於時，至明末錢謙益輩始稍重之。清姚鼐《古文辭類纂》以之直接唐宋八家之後，元、明兩代除有光外無第二人；其推崇可謂至矣。

【題解】

此篇為記敘文，所記皆瑣屑細事，其孺慕之思，溢於言外，感人至深。以其有眞情貫注其中故也。又本文雖似信手雜書，然條理仍復井然。如中幅寫孺人治家之勤，待下之寬，教子之嚴，皆雜敘兒時所憶之瑣事。以其結構得宜，故能湧出此一意念，不獨文情含蓄，且覺表現逼眞。蓋兒時心目中，只知吳家橋人至家人皆喜，夜覺促誦《孝經》等等具體事實，固不解所謂治家美德、教子深心也。

【翻譯】

先慈周氏孺人，生於孝宗弘治元年二月十一日。十六歲時嫁到歸家。隔年生女淑靜——淑靜，就是大姊。一周年後生下我。又一周年後生下一女一男，其中一人，生下不久後就夭折了，另一人一年後又夭折了。又過一年生下有尙，是懷胎十二個月才生。過了一年生下淑順。一年後，又生下有功。

有功出生後，母親身體比哺育其他子女時更爲健康。只是常常皺著眉對婢女說：「我爲生育子女多而苦累！」有個年老女僕用一杯盛兩個田螺端上來，說：「喝下這杯水，以後就不會常常懷孕了。」母親舉起杯子一飲而盡，喝完後失聲，變啞，不能說話。

正德八年五月二十三日，母親過世。女兒們看見家人哭，也跟著哭，卻還認爲母親是睡著了。眞是令人傷心啊！後來家人請畫工畫母親遺像，就叫兩個孩子出來囑咐畫工：「鼻子以上照有光畫，鼻子以下照大姊畫。」因爲這兩個孩子長得像母親。

母親名桂。外曾祖父名明。外祖父名行，是國子監的監生；外祖母姓何。周家世世代代住在吳家橋，距離縣城東南三十里。從千墩浦往南，對著橋靠小港以東一帶，住戶環繞聚集，全是周姓人家。外祖父與他的三個兄長，都以多資產而稱雄鄉里；但生活崇尚簡單樸實，與村人和善親切地用俚俗的方言交談，對待族中晚輩沒有不疼愛的。

母親前往吳家橋，就會紡棉花；回到婆家，就搓接麻線。晚上燈光微弱，常工作到半夜。外祖父沒二天就會派人送東西來。母親從來不必擔憂柴米油鹽之不足，卻勞苦操作，像吃了早餐就不知晚餐在哪一般。冬天時爐火燒剩的碳屑，就叫婢女搓揉成炭球，堆積在台階下曝曬。屋裏沒有不用可丟棄之物，家裏也沒有空閒沒事做的人。大的孩子牽著母親的衣服，小的則抱在懷裏餵奶，但母親仍不停手地縫紉補綴，家裏更是乾淨整潔。對待僮僕寬厚有恩，僮僕即使被責打，都不忍心在背後有怨言。吳家橋外祖父家每年送來的魚、蟹、糕餅，全家大小都吃得到。家人只要聽到吳家橋的人來了，都很高興。

我七歲時，與堂兄有嘉一起入學。每當颳風下雨，堂兄往往留在家中，我雖然依戀不捨，卻不能留在家中。母親半夜睡醒，就督促我背誦《孝經》，如果讀熟了，沒有一字不順暢，就很高興。

母親過世，外祖母何氏也過世了。周家流行起羊狗疫蔓延到人的傳染病：舅母過世；嫁到顧家的四姨又過世了，死了三十人，疫病才停止。只有外祖父和二舅活了下來。

母親去世後十一年，大姊嫁給王三接，是母親生前許配的婚約。十二年後，我考中秀才。十六年後我娶妻，妻子是母親生前聘定的。婚後一年生了女兒，非常疼愛她，也更加思念母親。半夜向妻子流淚哭泣，追念一些往事，好像是昨天發生的一樣，其他的事都模模糊糊了。世上竟有失去母親的人，天啊！真令人悲痛啊！

項脊軒志

歸有光

【原文】

項脊軒①，舊南閤子②也。室僅方丈，可容一人居。百年老屋，塵泥滲漉③，雨澤④下注，每移案顧視，無可置者。又北向，不能得日，日過午已昏。余稍為修葺⑤，使不上漏；前闢四窗，垣牆周庭，以當南日；日影反照，室始洞然⑥。又雜植蘭桂竹木於庭，舊時欄楯⑦，亦遂增勝。借書滿架，偃仰⑧嘯歌，冥然兀坐⑨，萬籟有聲⑩。而庭階寂寂，小鳥時來啄食，人至不去。三五之夜⑪，明月半牆，桂影斑駁⑫，風移影動，珊珊⑬可愛。

然余居於此，多可喜，亦多可悲。先是⑭，庭中通南北為一，迨⑮諸父⑯異爨⑰，內外多置小門牆，往往而是⑱。東犬西吠，客踰庖而宴⑲，雞棲於廳。庭中始為籬，已為牆，凡再變矣。家有老嫗⑳，嘗居於此。嫗，先大母㉑婢也，乳二世㉒，先妣㉓撫之甚厚㉔。室西連於中閨㉕，先妣嘗一至。嫗每謂余曰：「某所而母㉖立於茲。」嫗又曰：「汝姊在吾懷，呱呱㉗而泣；娘以指扣門扉㉘曰：『兒寒乎？欲食乎？』吾從板外相爲應答。」語未畢，余泣，嫗亦泣。余自束髮㉙讀書軒中，一日，大母過余曰：「吾兒，久不見若㉚影，何竟日㉛默默在此，大類㉜女郎也？」比去㉝，以手闔㉞門，自語曰：「吾家讀書久不效㉟，兒之成，則㊱可待乎！」頃之，持一象笏㊲至，曰：「此吾祖太常公㊳宣德㊴間執此以朝，他日汝當用之！」瞻顧遺跡，如在昨日，令人長號㊵不自禁。

軒東，故嘗爲廚，人往，從軒前過。余扃牖㊶而居，久之，能以足音辨人。軒凡四遭火，得不焚，殆㊷有神護者。

項脊生㊸曰：蜀清㊹守丹穴，利甲㊺天下，其後秦皇帝築女懷清檯。劉玄德㊻與曹操爭天下，諸葛孔明起隴中㊼。方二人之昧昧㊽於一隅也，世何足以知之？余區區㊾處敗屋中，方揚眉瞬目㊿，謂有奇景；人知之者，其謂與埳井之蛙(51)何異？

余既爲此志，後五年，吾妻(52)來歸(53)：時至軒中，從余問古事，或憑几學書。吾妻歸寧(54)，述諸小妹語曰：「聞姊家有閣子，且何謂閣子也？」其後六年，吾妻死，室壞不修。其後二年，余久臥病無聊，乃使人復葺南閣子，其制(55)稍異於前。然自後余多在外，不常居。庭有枇杷樹，吾妻死之年所手植也，今已亭亭如蓋(56)矣。

【註釋】

①**項脊軒**：宋時有歸道隆者，居太倉（今江蘇省太倉縣）之項脊涇，為有光之遠祖。項脊軒之名，殆取義於此。或謂取短狹之義，如在項脊間也。

②**閤子**：閤音同「革」，與閣通，儲藏之所。

③**滲漉**：水從孔隙下漏也。滲，音同「慎」；漉，音同「鹿」。

④**澤**：大雨也。

⑤**葺**：音同「企」，以草蓋屋謂之葺，因以為修補牆屋之稱。

⑥**洞然**：明朗貌。

⑦**欄楯**：楯，欄檻也；《說文》段注：「今之闌干是也，縱曰欄。橫曰楯。」

⑧**偃仰**：猶俯仰也；《詩》〈大雅．北山〉「或棲遲偃仰。」

⑨**冥然兀坐**：冥然猶默然。兀，音同「勿」，兀坐，獨自端坐也。

⑩**萬籟有聲**：籟，音同「賴」，凡由孔竅發聲皆曰籟，如天籟、地籟是。萬籟泛指一切聲響。萬籟有聲，蓋靜寂之極，常覺洋洋盈耳，所謂「聽於無聲」也。

⑪**三五之夜**：陰曆每月之十五日夜間，其時月常圓滿也。

⑫**斑駁**：錯雜。

⑬**珊珊**：形容明潔之狀。

⑭**先是**：在此以前，凡行文另起一事而爲追敘者，常用「先是」發端。

⑮**迨**：同逮，及也。

⑯**諸父**：父之兄弟曰諸父，亦曰從父，即伯叔也。

⑰**異爨**：爨，音同「篡」，炊也；異爨謂分居各食也。

⑱**往往而是**：處處皆是。

⑲**客踰庖而宴**：踰，通逾，越也。謂後屋之客赴宴時，須越過前屋之庖廚。

⑳**嫗**：音同「玉」，老婦。

㉑**先大母**：先祖母。

㉒**乳二世**：曾爲兩代哺乳。

㉓**先妣**：先母。妣，音同「彼」；《禮記》〈曲禮〉：「生曰父、曰母、死曰考、曰妣。」有光母周孺人，事見所撰〈先妣事略〉。

㉔**撫之甚厚**：待之至厚（撫有體恤愛護之義）。

㉕**中閨**：內室。

㉖**而母**：爾母，「而」與「爾」通用。

㉗**呱呱**：小兒啼哭聲。

㉘**扇**：門扇。

㉙**束髮**：古時幼兒垂髮；年十五成童，始結髮爲飾，因以束髮爲成童之稱。

㉚**若**：汝也。
㉛**竟日**：終日。
㉜**類**：似。
㉝**比去**：及去。
㉞**闔**：音同「河」，閉也。
㉟**吾家讀書久不效**：謂子弟讀書無成，久無得科第者。
㊱**則**：不定之辭，猶言或也。
㊲**象笏**：笏，音同「戶」，古時人臣朝見君主時所執之手版，以象牙為之者，稱象笏。有事則書其上，以備遺忘。
㊳**太常公**：有光祖母夏氏之祖父，名昶，字仲昭，崑山人，明永樂進士，歷官太常寺卿。
㊴**宣德**：明宣宗年號。
㊵**長號**：號，音同「毫」，哭也，有聲無淚曰號。
㊶**扃牖**：扃，音同「迥」，閉也。牖，音同「有」，旁窗也。
㊷**殆**：似乎。
㊸**項脊生**：有光自稱。
㊹**蜀清**：《史記》〈貨殖列傳〉：「巴蜀寡婦清，其先得丹穴（山穴中出丹砂者曰丹穴，丹砂即硃砂），而擅其利數世，家亦不訾。清寡婦也，能守其業，用財自衛，不見侵犯。秦始皇以為貞婦而客之，為築女懷清臺。」

㊺**甲**：位於第一也。《漢書》〈貨殖傳〉：「秦楊以田農而甲一州。」

㊻**劉玄德**：三國蜀漢主劉備，字玄德。

㊼**起隴中**：謂起於隴畝間，《史記》〈項羽本紀〉：「起隴畝之間。」或謂隴中，當作隆中，山名，在今湖北襄陽縣西，諸葛亮少時即隱居於此。

㊽**昧昧**：不明貌，謂未顯名於世。

㊾**區區**：言小也。《新方言釋言》：「凡小及少皆曰區區。」

㊿**揚眉瞬目**：得意之狀。

51**埳井之蛙**：喻所見者小也。埳，音義同「坎」。《莊子》〈秋水〉：「井蛙不可以語於海者，拘於墟也。」（按：拘墟謂拘於所居。）

52**吾妻**：有光妻魏氏。

53**來歸**：女子謂嫁曰歸，就夫家言，曰來歸。

54**歸寧**：女子出嫁後歸省父母曰歸寧。

55**制**：規模、形式。

56**亭亭如蓋**：亭亭，直立貌。蓋，傘也。

【作者】

歸有光，見本書第162頁〈先妣事略〉作者簡介。

【題解】

〈項脊軒志〉，志一作記。本篇為記敘文，實亦抒情文。姚鼐謂歸氏文「於不要緊之題，說不要緊之語，即自風韻疏澹。」此篇即其例也。首段敘修葺經過及軒前景物之清幽；次段以「多可喜，亦多可悲」二語，生出下文，歷敘庭之變遷及先妣大母遺事遺跡，情景宛然，悱惻動人。項脊生一段，以蜀清守丹穴，諸葛起隴中，自況懷抱。末段乃以後補記者，敘其妻來歸後情事，及妻死後遂不常居，而以妻所手植枇杷樹亭亭如蓋作結，悠逸有餘韻。文中記老嫗語、先大母語，均極傳神；妻述諸小妹語，宛然小兒女口吻，尤令人如聞其聲，蓋深有得於太史公神境。

【翻譯】

項脊軒，是從前南邊的小屋。房間面積只有一平方丈，可容一人居住。這百年老屋，塵埃泥土從孔隙中滲漏下來，雨水向下流瀉，每次想挪動書桌。環顧四周都找不到可以放置的地方。再加上屋子朝北，照不到陽光，一過中午，室內就昏暗了。我稍稍修理了一下，使它不從上面漏土漏雨，在前面開了四扇窗子，在院子四周砌上圍牆，用來擋住南面照進來的日光，日光反射照耀，室內才明亮起來。我在庭院裏隨意種上蘭花、桂樹、竹子等草木，往日的欄杆也增加了新的光彩。家中的書擺滿了書架，我仰頭高聲吟誦詩歌，有時又靜靜地獨自端坐，自然界的萬物皆有聲音，庭院、臺階前靜悄悄的，小鳥不時飛下來啄食，有人來了也不飛走。農曆十五的夜晚，明月高懸，照亮半截牆壁，桂樹的影子交雜錯落，微風吹過影子搖動，可愛極了。

然而我住在這裏，有很多喜悅的事，也有許多悲傷的事。在這之前，庭院是南北相通連爲一體，等到伯父、叔父們分家後，庭院內外設置了很多小門牆，到處都是。東家的狗對著西家的人叫，這家的客人要穿越另一家的廚房，才能到廳堂赴宴，雞就棲息在廳堂中。庭院裏起初修起了籬笆，不久又築起了圍牆，一共變了兩次！家中有個老婆婆，曾經在這裏居住過。這個老婆婆是我死去祖母的婢女，給兩代人餵過奶，先母對她很好。房子的西邊和內室相連，先母曾經常來。老婆婆常常對我說：「這個地方，你母親曾經站在這兒。」老婆婆又說：「你姊姊在我懷裏呱呱地哭泣；你母親用手指敲著房門說：『孩子是冷呢？還是想吃東西呢？』我隔著門一一回答。」話還沒說完，我就哭起來，老婆婆也哭了。

我從束髮成童（十五歲）起，就在軒內讀書。有一天，祖母來看我，說：「我的孫兒，好久沒有見到你的身影了，爲什麼整天默默地待在這裏？眞像個女孩子呀！」等到離開時，用手關上門，自言自語說：「我們歸家的人讀書，很久沒有取得功名了，這個孫兒的成就，應該是可以期待的吧！」過了一會兒，拿著一個象笏過來說：「這是我祖父太常公在宣德年間拿著上朝用的，將來你一定用得上的。」看到這些舊物，往事好像就發生在昨天，讓我忍不住放聲大哭。

項脊軒的東邊曾經是廚房，人們到那裏去，必須從軒前經過。我關著窗子住在裏面，時間長了，能夠根據腳步聲辨別是誰。項脊軒一共遭過四次火災，能夠不被焚毀，大概是有神靈在保護著吧！

項脊生說：「古代巴蜀的寡婦清，守住祖傳的丹砂礦穴，創造的利益是天下第一，後來秦始皇築女懷清臺表彰她。劉備與曹操爭奪天下時，諸葛亮從田畝中被舉用。當這兩個人還待在不爲人所知的偏僻角落時，世人又怎麼能知道他們呢？我今天居住在這破舊的小屋裏，卻自得其樂，以爲有奇景異致。別人知道了，恐怕會把我看作目光短淺的井底之蛙吧！」

我寫了這篇文章之後，過了五年，我的妻子嫁到我家。她時常來到軒中，向我問一些舊時之事，有時伏在桌旁學寫字。我妻子回娘家探親，回來轉述幾個妹妹的話說：

「聽說姊姊家有個小閣樓，什麼叫小閣樓？」這之後六年，我的妻子死了，項脊軒破敗沒有整修。又過了兩年，我長久臥病無事可做，才叫人修補南閣子，格局和過去稍有不同。但此後我長時間居留外地，不常住在這裏。庭院中有一株枇杷樹，是我妻子去世那年她親手栽種的，如今已經高高挺立著，枝葉茂盛像把大傘了。

晚遊六橋①待月記

袁宏道

【原文】

西湖②最盛，爲春爲月。一日之盛，爲朝煙，爲夕嵐。今歲春雪甚盛，梅花爲寒所勒③，與杏桃相次開發，尤爲奇觀。石簣④數爲余言：「傅金吾⑤園中梅，張功甫⑥玉照堂故物也，急往觀之。」余時爲桃花所戀，竟不忍去⑦湖上。

由斷橋⑧至蘇隄⑨一帶，綠煙紅霧⑩，瀰漫二十餘里。歌吹爲風⑪，粉汗爲雨⑫，羅紈⑬之盛，多於隄畔之草。豔冶極矣。

然杭人遊湖，止午、未、申三時⑭。其實湖光染翠之工，山嵐設色之妙，皆在朝日始出，夕春⑮未下，始極其濃媚。月景尤不可言，花態柳情，山容水意，別是一種趣味。此樂留與山僧遊客受用，安可爲俗士道哉！

【註釋】

①**六橋**：西湖蘇隄上的六座橋，其名依次為：映波、鎖瀾、望山、壓隄、東浦、跨虹。
②**西湖**：在今浙江省杭州市西郊，有錢塘湖、明聖湖、金牛湖等別名，自古即為遊覽勝地。
③**勒**：抑制、制約。
④**石簣**：即陶望齡，字周望，號石簣，會稽（今浙江省紹興縣）人，亦公安派作家。
⑤**傅金吾**：生平不詳。
⑥**張功甫**：即張鎡（音同「姿」），字功甫，號約齋，南宋將領張俊之孫，能詩，善畫。據田汝成《西湖遊覽志餘》，其南湖園玉照堂有梅四百株。
⑦**去**：離。
⑧**斷橋**：在西湖孤山下。本名寶祐橋，又名段家橋。一說孤山之路至橋頭而斷，故稱斷橋。
⑨**蘇隄**：宋仁宗元祐年間蘇軾知杭時所築，因以得名。南自南屏山，北接岳王廟，將西湖分隔為裏、外二湖。隄上夾岸植花種柳，配以湖光山色，春夏之際，景色極美。
⑩**綠煙紅霧**：形容花木繁盛穠麗。
⑪**歌吹為風**：指歌聲與吹奏聲隨風飄來。
⑫**粉汗為雨**：指遊湖仕女揮汗如雨。

⑬**羅紈**：質地柔軟的絲織物。此指穿著羅紈之遊客。
⑭**午、未、申三時**：午、未、申三個時辰，字上午十一時至下午五時。我國古代以十二地支記時，每一地支代表一個時辰，每一時辰為今兩小時。
⑮**夕舂**：夕陽。舂，音同「充」。

【作者】

袁宏道，字中郎，號石公，明公安（今湖北省公安縣）人。生於穆宗隆慶二年（西元一五六八年），卒於神宗萬曆三十八年（西元一六一〇年），年四十三。宏道少敏慧，善詩文，年十六為諸生時，結社城南，自為社長，有聲鄉里。萬曆二十年登進士第，後選為吳縣知縣。歷任禮部主事、吏部驗封主事、稽勳郎中等職。宏道與兄宗道、弟中道並有才名，時稱「三袁」。三袁反對王世貞、李攀龍等人之擬古、復古，主張文學應重性靈、貴獨創，所作亦清新輕俊、情趣盎然，世稱「公安派」、「公安體」。晚明小品所以興盛，實即公安派影響所致。著有《袁中郎集》。

【題解】

本文選自《袁中郎集》。明神宗萬曆二十五年（西元一五九七年）作者辭去吳縣（今江蘇省吳縣）知縣後，首次漫遊心儀已久的西湖，並寫下一系列遊記，本文即其中的一篇。文中呈現作者獨特的景物觀照，認為西湖之美在春、在朝煙、在夕嵐，而尤以月夜為最。文中無「待」，而題稱「待月」，正暗示作者自我這種特殊的欣賞觀點，同時也造成讀者「期待」的興味，妙在言外，實宜細細體會。

【翻譯】

西湖最美的時候，是春天，是月夜。一天中最美好的景致，是早晨的煙霧，是傍晚的山嵐。

今年春雪很多，梅花被寒氣抑制，和杏花、桃花相繼開放，更是奇特的景觀。石簣多次對我說：「傅金吾園中的梅花，是宋代張功甫玉照堂中的舊物，趕快前去觀賞。」我當時被桃花迷戀住了，始終捨不得離開湖上。

從斷橋到蘇隄這一帶，綠柳如煙、紅花似霧，綿延二十多里。歌聲和吹奏聲飄揚如風，仕女的粉汗飄落似雨，穿著羅衫紈褲的遊客衆多，多過隄畔的小草，眞是豔麗極了！

然而杭州人遊覽西湖，只在午、未、申三個時辰（上午十一時至下午五時）。其實湖面被青山染上工麗的翠綠，嵐煙爲青山敷上美妙的色彩，都在朝日初升、夕陽未下的時候，才最爲濃豔嫵媚！月光下的美景尤其難以形容，花的姿態、柳的情致，山的容顏、水的情意，另有一種情趣韻味。這種樂趣，只能留給山中的僧人和風雅的遊客享用，怎能對庸俗的人說呢！

復多爾袞書

史可法

【原文】

南中向接好音①，法遂遣使問訊吳大將軍②，未敢遽通左右③；非委隆誼於草莽④也，誠以「大夫無私交」，《春秋》之義⑤。今倥傯之際，忽捧琬琰之章⑥，眞不啻從天而降也⑦。循讀再三，殷殷至意，若以逆賊尚稽天討⑧，煩貴國憂。法且感且愧，懼左右不察，謂南國臣民，媮安江左⑨，竟忘君父之怨，敬爲貴國一詳陳之。

我大行皇帝⑩敬天法祖，勤政愛民，眞堯舜之主也；以庸臣誤國，致有三月十九日之事⑪。法待罪南樞⑫，救援無及。師次⑬淮上，凶問⑭遂來。地坼天崩，山枯海泣⑮。嗟乎！人孰無君？雖肆法於市朝⑯，以爲泄泄⑰者之戒，亦奚足謝先皇帝於地下哉？

爾時南中臣民，哀慟如喪考妣⑱，無不拊膺切齒⑲，欲悉東南之甲，立翦⑳凶讎；而二三老臣，謂國破君亡，宗社㉑爲重，相與迎立今上㉒，以繫中外之心。今上非他，神宗之孫，光宗猶子㉓，而大行皇帝之兄也。名正言順㉔，天與㉕人歸。五月朔日，駕臨南都，萬姓夾道歡呼，聲聞數里。群臣勸進㉖，今上悲不自勝，讓再讓三㉗，僅允監國㉘。迨臣民伏闕屢請，始以十五日正位南都。從前鳳集河清㉙，瑞應非一；即告廟㉚之日，紫雲如蓋，祝文升霄，萬目共瞻，欣傳盛事。大江湧出柟梓數十萬章㉛，助修宮殿。豈非天意也哉？

越數日，遂命法視師㉜北上，刻日㉝西征。忽傳我大將軍吳三桂借兵貴國，破走逆賊，爲我先皇帝后發喪成禮，掃清宮殿，撫輯群黎㉞，且罷薙髮之令㉟，示不忘本朝。此等舉動，振古鑠今㊱。凡爲大明臣子，無不長跽㊲北向，頂禮加額㊳，豈但如明諭所云「感恩圖報」已乎！謹於八月薄治筐篚㊴，遣使犒師㊵；兼欲請命鴻裁㊶，連兵西討。是以王師既發，復次江淮。

及辱明誨㊷，引《春秋》大義，來相詰責㊸，善哉乎推言之！然此乃爲列國君薨，世子應立，有賊未討，不忍死其君者立說耳。若夫天下共主㊹，身殉社稷，青宮皇子，慘變非常㊺，而猶拘牽「不即位」之文，坐昧「大一統㊻」之義，中原鼎沸㊼，倉猝出師，將何以維繫人心，號召忠義？紫陽《綱目》㊽，踵事㊾《春秋》。其間特書：如莽移漢鼎，光武中興㊿；丕廢山陽，昭烈踐阼(51)；懷愍亡國，晉元嗣基(52)；徽欽蒙塵，宋高纘統[53]；是皆於國讎未翦之日，亟正位號。《綱目》未嘗斥爲自立，率以正統與之。甚至如玄宗幸蜀，太子即位靈武[54]，議者疵之，亦未嘗不許以行權[55]，幸其光復舊物也。

本朝傳世十六，正統相承，自治冠帶之族[56]，繼絕存亡，仁恩遐被。貴國昔在先朝，夙膺封號[57]，載在盟府[58]，寧不聞乎？今痛心本朝之難，驅除亂逆，可謂大義復著於《春秋》矣。昔契丹和宋，止歲輸以金繒[59]；回紇助唐，原不利其土地[60]。況貴國篤念世好，兵以義動，萬代瞻仰，在此一舉。若乃乘我蒙難，棄好崇讎，規此幅員[61]，爲德不卒[62]，是以義始而以利終，爲賊人所竊笑也。貴國豈其然乎？

往者，先帝軫念潢池[63]，不忍盡戮，剿撫互用，貽誤至今。今上天縱[64]英明，刻刻以復讎爲念。廟堂之上，和衷體國。介冑之士，飲泣枕戈[65]。忠義民兵，願爲國死。竊以爲天亡逆闖，當不越於斯時矣。語曰：「樹德務滋，除惡務盡[66]。」今逆賊未伏天誅，諜知捲土西秦[67]，方圖報復。此不獨本朝不共戴天[68]之恨，抑且貴國除惡未盡之憂。伏乞堅同仇[69]之誼，全始終之德，合師進討，問罪秦中，共梟逆賊之頭[70]，以洩敷天[71]之憤。則貴國義聞，炤[72]耀千秋；本朝圖報，惟力是視。從此兩國誓通盟好，傳之無窮，不亦休[73]乎？至於牛耳之盟[74]，則本朝使臣，久已在道，不日抵燕，奉盤盂從事矣。

法北望陵廟，無涕可揮。身蹈大戮，罪應萬死。所以不即從先帝⑮者，實惟社稷之故。《傳》曰：「竭股肱之力，繼之以忠貞⑯。」法處今日，鞠躬致命⑰，克盡臣節，所以報也。惟殿下⑱實昭鑒之！

【註釋】

①**南中向接好音**：南中，猶言在南方，好音指多爾袞託史公弟可程通書致意。

②**吳大將軍**：謂吳三桂。三桂，字長白，明高郵人，官總兵，駐山海關，李自成陷京師，三桂遂引清兵入關，爲之前驅。

③**未敢遽通左右**：未敢急遽通信。左右，書簡中常用之敬詞，不直言本人而稱其侍者之意。

④**委隆誼於草莽**：委棄高誼於草莽也。

⑤**大夫無私交，《春秋》之義**：《後漢書》〈第五倫傳〉：「傳曰，大夫無境外之交。」注：「《穀梁傳》之文也。」按：《穀梁傳》隱公元年：「寰內諸侯，非有天子之命，不得出會諸侯。」寰內諸侯，即天子之大夫也。《禮記》〈郊特牲〉：「朝覲，大夫之私覿，非禮也。爲人臣者無外交，不敢貳君也。」

⑥**琬琰之章**：猶言瑤章、玉音，指來書。琬，音同「婉」；琰，音同「眼」。均玉圭。唐玄宗〈孝經序〉：「寫之琬琰。」疏：「寫之琬圭琰圭之上，若簡冊之爲。」

⑦**不啻從天而降也**：啻，音同「赤」，止也。從天而降，謂不意其猝至。《漢書》〈周亞夫傳〉：「諸侯聞之，以爲將軍從天而下也。」

⑧**逆賊尚稽天討**：言闖王李自成稽延未誅滅也。古謂王者征討曰天討。語本〈皋陶謨〉：「天討有罪。」

⑨**媮安江左**：媮，同偷。江左，指南京；時福王已立於南京。

⑩**大行皇帝**：指明思宗，名由檢。皇帝初崩，稱大行。大行者，言一去不返也；一說，謂大行者必受大名，初崩謂謚，故稱大行。

⑪**三月十九日之事**：崇禎十七年三月十九日，李自成陷京師，思宗自縊於萬壽山之壽皇亭。

⑫**待罪南樞**：南樞，指南都。居官常自懼失職獲罪，故謙言待罪。《明史》〈史可法傳〉：「京師陷時，史公爲南京兵部尚書，參贊機務。四月朔，聞賊犯闕，誓師勤王。渡江抵浦口，聞北都既陷，縞衣發喪。會南都議立新君，乃暫留止。」

⑬**次**：舍止也。《書》〈泰誓〉：「王次於河朔。」《左傳》莊公三年：「凡師一宿爲舍，再宿爲信，過信爲次。」

⑭**凶問**：猶言凶訊、噩耗。

⑮**地坼天崩，山枯海泣**：坼，音同「徹」，裂也。地坼天崩，謂遭君國巨變。山枯海泣，謂舉國哀悼。

⑯**肆法於市朝**：《論語》〈憲問篇〉：「吾力猶能肆諸市朝。」肆，陳也。言刑誅之，陳其尸於市朝，此自罪之辭。

⑰**泄泄**：泄，音同「亦」。《孟子》〈離婁篇〉：「泄泄，猶沓沓也。」泄泄，朱子以爲怠緩悅從之貌。

⑱**如喪考妣**：《尚書》〈堯典〉言堯崩時，「百姓如喪考妣」。

⑲**拊膺切齒**：哀憤之狀。拊膺，搥胸也。

⑳**立翦**：立刻翦除勦滅。

㉑**宗社**：宗廟社稷。

㉒**今上**：指福王由崧。由崧爲神宗子福恭王常洵之子。北京陷，由崧避賊至淮安，鳳陽總督馬士英等，迎之入南京，稱監國，旋稱帝，年號弘光。

㉓**猶子**：《禮記》〈檀弓〉：「兄弟之子，猶子也。」後世因謂姪爲猶子。

㉔**名正言順**：《論語》〈子路篇〉：「名不正，則言不順。」

㉕**天與**：《孟子》〈萬章篇〉：「然則舜有天下也，孰與之？曰：天與之。」

㉖**勸進**：謂由群臣勸請稱尊號，即帝位，如漢高祖、東漢光武、蜀漢昭烈是也。

㉗**讓再讓三**：《史記》〈文帝本紀〉：「周勃陳平既誅諸呂，迎立代王。代王至，西向讓者三，南向讓者再。」

㉘**監國**：監，領也、守也。《國語》：「君行，太子居以監國也。」不忍逕自稱帝，故稱監國。

㉙**鳳集河清**：鳳凰集，黃河清，皆祥瑞。

㉚**告廟**：告即位於祖廟。

㉛**數十萬章**：章，謂大木材，數十萬章，即數十萬株。

㉜**視師**：閱兵。

㉝**刻日**：刻，通剋。限定日期。

㉞**撫輯群黎**：安撫和集百姓也。

㉟**且罷薙髮之令**：薙，音同「剃」，今字作剃。我國古代皆留長髮。滿洲俗則薙去四周僅留中間長髮，結辮垂於腦後。入關後，即下令逼人民薙髮垂辮。《東華錄》，順治元年五月辛亥諭兵部曰：「前因歸順之民，無所分別，故令薙髮，以別順逆，今聞甚拂民願。自茲以後，天下臣民，照舊束髮，悉聽其便。」

㊱**振古鑠金**：振，動也。鑠，音同「朔」，光明也，振古鑠金，言盛舉振動照耀古今也。

㊲**長跽**：即長跪。

㊳**頂禮加額**：頂禮，本佛家禮，五體投地也。加額，舉手加額為禮也。

㊴**筐篚**：篚，音同「匪」。筐篚，均為竹製盛物之器。方曰筐，圓曰篚。此處用以代稱禮物。

㊵**遣使犒師**：犒，音同「靠」。犒師，猶今言勞軍。當時南明遣左懋第、陳弘範、馬紹愉赴北都犒師。

㊶**鴻裁**：鴻，大。裁，裁度決定也。謂欲請清人量度決定，共討李自成也。

㊷**明誨**：猶言明教。

㊸**引《春秋》大義來相詰責**：多爾袞來書云：「《春秋》之義，有賊不討，則故君不得書葬，新君

不得書即位。」意謂李自成未滅，福王不當即位也。按：魯隱公十一年十一月，隱公為公子翬所弒，《春秋》不書葬。《公羊傳》曰：「《春秋》，君弒，賊不討，不書葬。」又魯桓公為齊所殺，翌年正月，莊公即位，《春秋》不書。《公羊傳》云：「《春秋》，君弒，子不言即位。」

㊹**共主**：春秋時，諸侯奉周天子為共主。

㊺**青宮皇子，慘變非常**：青宮，為太子所居之宮。《明史》〈諸王傳〉：「莊烈帝（即崇禎帝）七子，周皇后生太子慈烺。亦師陷，賊獲太子，偽封宋王。即賊敗西走，太子不知所終。」

㊻**大一統**：《公羊傳》隱公元年：「何言乎王正月？大一統也。」古以奉正朔為統一要件。故《春秋》書正月加王字，明天下共遵正朔，所以為大一統也。

㊼**鼎沸**：謂時局動亂，有如鼎中水沸也。

㊽**紫陽綱目**：宋朱熹使門人因司馬光《資治通鑑》而作《綱目》，大書者為綱，分注者為目，綱仿《春秋》，目仿《左傳》，為書五十九卷。紫陽，山名，在今安徽歙縣城南，熹父松嘗讀書於此。後熹居福建崇安縣，牓廳事曰紫陽書屋。此以紫陽代稱朱熹。

㊾**踵事**：謂繼踵前人所為之事。

㊿**莽移漢鼎，光武中興**：王莽廢漢孺子嬰，篡位自立，改國號曰新；未幾，為宗室劉秀所滅，漢室中興，是為後漢光武帝。古以鼎為傳國之寶，故謂篡位為移鼎。

(51)**丕廢山陽，昭烈踐阼**：曹丕篡帝位，廢漢獻帝為山陽公，宗室劉備自立於蜀，是為蜀漢昭烈帝。《禮記》〈曲禮〉：「踐阼臨祭祀。」疏：「踐，履也。阼，主人階也。天子祭祀升阼階，履主階行事，故云踐阼也。」後世因謂新君嗣位曰踐阼。阼，音同「作」。

52 **懷愍亡國，晉元嗣基**：西晉時，五胡崛起北方，晉懷帝、愍帝先後爲外族所虜，宗室司馬睿自立於江東，是爲東晉元帝。基，基業也。嗣基，謂繼續帝業也。

53 **徽欽蒙塵，宋高纘統**：宋徽宗、欽宗俱爲金人所虜，康王構立於南方，是爲南宋高宗。蒙塵，天子出奔也。語見《左傳》僖公二十四年：「天子蒙塵于外。」二帝被虜，故云蒙塵。纘，音同「鑽」，繼也。纘統，繼帝統也。

54 **玄宗幸蜀，太子即位靈武**：唐玄宗時，安祿山反，玄宗奔蜀，太子即位於靈武（今寧夏靈武縣），是爲肅宗。天子所至曰幸。

55 **行權**：權，謂權變也。變通常法而合理者，曰行權。

56 **冠帶之族**：謂中國文物之邦，戴冠束帶也。

57 **夙膺封號**：夙，早也。膺，受也。清肇祖孟特穆，興祖福滿，俱受明建州左衛都督僉事封號；太祖努爾哈赤，亦受建州大都督封號。

58 **載在盟府**：語見《左傳》僖公二十六年。盟府，司盟之府；司盟，官名，掌盟約者。

59 **契丹和宋，止歲輸以金繒**：契丹，即遼。宋眞宗與遼講和，許歲輸銀十萬兩，絹二十萬匹。輸，送也。繒，音同「增」，帛之總名。

60 **回紇助唐，原不利其土地**：回紇，本匈奴之苗裔，尋屬突厥，唐時叛離突厥，始稱回紇。曾助郭子儀平安史之亂。

61 **規此幅員**：規，圖謀也。幅員，疆域也。規此幅員，謂欲謀得土地也。

62 **不卒**：不終也。

(63) **軫念潢池**：軫，音同「診」，痛也。潢池，謂飢民為盜匪者。《漢書》〈龔遂傳〉：「以遂為勃海太守，遂奏言：『海濱遐遠，不沾聖化，其民困於飢寒，而吏不恤；故使陛下赤子，盜弄陛下之兵於潢池耳。』」潢池，積水池。言民困飢寒，如小兒弄兵水池，非真反也。

(64) **天縱**：謂天所縱任，不限其所至也。《論語》〈子罕篇〉：「固天縱之將聖。」

(65) **介胄之士，飲泣枕戈**：謂兵將志切復仇也。

(66) **樹德務滋，除惡務盡**：見《尚書》〈泰誓下〉。言立德務多，去惡務盡也。

(67) **捲土西秦**：唐杜牧〈詠項籍詩〉：「江東子弟多才俊，捲土重來未可知。」捲土重來，喻傾其所有，重謀恢復之意。時李自成敗竄陝西，將自陝西復攻北京也。

(68) **不共戴天**：《禮記》〈曲禮〉：「父之讎，弗與共戴天。」言君父之仇，不與並立於天下也。

(69) **同仇**：共同報仇之意。《詩》〈秦風．無衣〉：「修我戈矛，與子同仇。」

(70) **梟逆賊之頭**：古時極刑，斬首懸於木上以示衆，謂之梟首，亦略稱曰梟。

(71) **敷天**：敷，普也。言普天下之人。

(72) **炤**：同照。

(73) **休**：美也。

(74) **牛耳之盟**：古者歃血為盟（歃，口含血也），割牛耳取血，盛以珠盤，自尊而卑，以次用血塗口旁以示信守。下文奉盤盂從事，即進行盟約之事。

(75) **從先帝**：謂從崇禎帝而死也。

(76) **竭股肱之力，繼之以忠貞**：晉獻公使荀息傅其幼子奚齊，臨終召荀息託孤。荀息對曰：「臣竭其股肱之力，加之以忠貞。其濟，君之靈也；不濟，則以死繼之。」見《左傳》僖公九年。按：君曰元首，臣曰股肱，蓋取喻於人體也。

⑺**鞠躬致命**：用諸葛亮〈出師表〉「鞠躬盡瘁，死而後已」語意。致命，猶云效命。

⑻**殿下**：古時諸侯王居殿以見群臣，故臣下尊稱之曰「殿下」。

【作者】

史可法，字憲之，號道鄰，明河南祥符（今河南開封縣）人，生於明神宗萬曆三十二年，卒於明福王弘光元年（西元一六〇四——一六四五年），年四十二。

可法，少以孝聞，性耿介，有志略。舉崇禎元年進士，授西安推官，遷戶部主事。八年，遷右參議，分守池州、太平。其秋，總理侍郎盧象昇大舉討賊，改公副使，分巡安慶、池州，監江北諸軍。屢破賊。十二年，擢戶部右侍郎兼右僉都御史，總督漕運，巡撫鳳陽、淮安、揚州。拜南京兵部尚書，參贊機務。十七年四月，聞李自成犯燕京，可法誓師勤王，渡江抵浦口，而思宗殉國凶問至，乃縞衣發喪。福王立，加太子太保，兼兵部尚書，武英殿大學士，開府揚州，提師江淮，力圖興復。會清兵破李自成，乘勝南下，可法勢孤。又以悍將左良玉跋扈於外，權臣馬士英掣肘於內，遂致兵頓餉竭，揚州不守，城破，死亂軍中，將吏從死者甚衆。屍體不可辨，家人舉袍笏招魂，葬於揚州郭外之梅花嶺。明南都謚忠烈，清謚忠正。可法短小精悍，面黑，目爍爍有光。廉信，與下均勞苦，能得士死力。遺著多散失，今傳有《史忠正公集》。

【題解】

本篇實爲拒降之書，首段申明過去未敢通候，及此次爲表明態度不得不復書之由。次段言先帝殉國，救援不及，引罪自責。三段言福王之立，名正言順，天與人歸。四段對清兵破賊，爲先帝后發喪成禮，致感激之忱。五段辯正福王繼位，不合《春秋》大義之說。六段諷清本受明封，不可以恤鄰之義舉，轉爲侵略之暴行，義始利終，爲賊人竊笑。七段言明室上下同其復仇之決心，願與清人結盟，同討闖賊。末段言己忠於國家，有死無二，表明不屈不撓之心志。全書義正詞嚴，不卑不亢，情文悲壯，可泣可歌。

【翻譯】

從前在南方接到你的來信，我就派遣使著去向吳大將軍（吳三桂）探問，不敢急切和你通信；並不是將你高厚的情意擱在一旁，實在是因爲做臣子的人，不能有境外的私交，這是《春秋》的大道理啊！現在正是國務繁忙之際，忽然接到你寶貴的來信，眞是無異從天上降下來的一樣，我反覆細讀來信，其中情意懇切，假若是因爲逆賊遲遲未滅，煩勞貴國憂慮。這使我既感激又慚愧，只恐你不明白，說南方的臣民，只想在南京苟且偷安，竟然忘了國仇家恨，因此，我特地向貴國詳述一下情況。

先皇尊敬上天，效法祖宗，勤理政事，愛護人民，眞是像堯、舜一樣的聖君。只因臣下昏庸誤了國事，才有三月十九日的變故發生。我那時任職南京，想北上救援已來不及。軍隊剛抵達淮河邊上，就傳來皇帝殉國的凶訊。這如同地裂天崩的巨變，全國哀悼。唉！哪一個人沒有君主呢？即使把我在街市上斬首示衆，作爲耽誤救援者的警戒，又怎麼能夠使我向地下的先皇帝謝罪呢？

那時候南方的臣民聽到凶訊，人人哀傷痛哭，猶如喪失了父母，莫不捶胸切齒，要求傾東南的軍隊，立即殲滅萬惡的敵人（李自成）；但是幾位老臣，說値此國破家亡之時，應以國家爲重，共同商議迎立當今的皇上（福王），以使內外人心安定。當今的皇上不是別人，是神宗之孫，光宗之侄，先皇帝之兄，名正言順，天神所贊許，人心所歸向。五月初一，皇上駕臨南京，百姓夾道歡呼，聲聞數里。群臣勸請皇上登位，皇上悲痛萬分，一再謙讓，只答應稱「監國」。群臣百姓齊集宮門屢次請求，才於十五日在南京正式即位。在此之前鳳鳥飛集，黃河水清，吉祥徵兆不只一件。在祝告祖廟那天，空中出現如傘一樣的紫雲，祝文燒化即飛升上天，衆目共睹，人人歡欣，傳爲喜訊。大江上湧出楠木，梓木幾十萬根，用以修造宮殿，這難道不是天意嗎？

幾天之後，就命令我督師江北，限期西征討伐李自成。忽然傳來訊息，說是我國大將軍吳三桂向貴國借兵，攻進京都，趕走了逆賊，替我先皇帝后，舉發喪事完成禮儀，肅清宮殿的逆賊，安撫人民，並且廢除了薙髮的命令，表示不忘本朝。這些行動，眞是古今未有，凡是大明的臣子，沒有一個不是向北方長跪，以手加額，表示感激，豈只是如來信所說「感激圖報」而已？因此，就在八月間準備了些禮物，派遣使者慰勞貴國軍隊；同時又想請示尊意，決定雙方聯合出兵西征的事。所以我國的軍隊已經出發，又留駐在長江、淮河一帶。

現在又承你教誨，引證《春秋》大義，來相詰問，話說得多麼得體啊！可是進一步探討一下，就知道所引《春秋》一段史實，是春秋列國諸侯逝世，長子雖該繼位，但是弒君之賊尚未討伐，心裏不肯承認國君已故的一種說法。若是天下都擁戴的皇帝，爲國殉難，宮中的太子，又遭遇到慘禍，還要拘泥著「不即位」的說法，恰恰喪失了《春秋》「大一統」的主旨。時局動亂，像鼎中的水煮沸一樣，匆促出兵討賊，將拿什麼來維繫人心，號召忠義之士？朱熹的《資治通鑑綱目》，是依《春秋》體例所作的史籍，他書中特別記載，像王莽篡漢自立，光武中興，曹丕廢漢獻帝爲山陽公，昭烈便嗣位稱帝，西晉懷、愍二帝亡了國，元帝便繼承帝業，宋代徽、欽二帝被俘，高宗便繼承了帝統，這些都是在國讎未除時，儘快即帝位、正名號的。《綱目》上並沒有斥責他們的自立，大抵都把他們看作正統。甚至像唐玄宗避亂到四川，太子在靈武即帝位，談論這件事的人批評不應該，但在《綱目》上依然是同意他權宜行事，而且還讚許他能夠恢復唐代的王朝。

本朝開國以來，傳代十六位聖君，代代以正統繼承，統治天下大小官吏，扶植名門望族，仁愛之風，遠達四疆。早在前朝，貴國屢次受封，盟府中已有記載，難道你不知道？現今貴國爲我朝遭難而痛心，助我驅除亂臣逆賊，眞可說《春秋》大義再現於今世了。以前宋朝與契丹講和，只是每年送一些金絲銀帛；回紇助唐平定安史之亂，並沒有想貪圖唐朝的土地。況且貴國與我國世代交好，爲維護正義而出兵，這一舉動能使世代傳頌。如果乘我危難，與我爲仇，企圖佔領我朝領土，好事不能徹底完成，這樣以道義開始，卻以獲利終結，將會被賊人所暗笑，貴國難道願意這樣做嗎？

從前，先帝憐惜體念人民迫於飢寒而做盜賊，不忍心將他們斬盡殺絕，兵剿與招降交替間用，以致耽誤到今天。當今皇上英明神武，時時刻刻不忘爲祖先復仇。殿堂上文官武將，團結一致，共商國家大計。軍中兵將，磨刀擦槍，忠君愛國，個個願意爲國犧牲。我以爲逆賊李闖受天誅而亡，不會再逃過這個時候了。古話說：「樹立德行愈多愈好，鏟除壞事要連根消滅。」現在逆賊還沒受到上天的誅殺，據偵察他正想從陝西捲土重來，正在圖謀報復。這不僅是本朝與他有不共戴天的仇恨，而且也是貴國鏟除邪惡沒有盡淨所遺下的憂患。謹希望貴國堅定與本朝對付共同敵人的情誼，成全有始有終的好事。兩國合兵討伐，到陝西興師問罪，一起砍下逆賊的頭顱，平息天下人的憤恨。那麼貴國主持正義的聲譽，可以照耀千秋萬代。至於本朝圖謀報答，一定全力以赴。今後兩國世代通盟友好傳之久遠，豈非大好？至於商定盟約的事，本朝的使臣，早已上路，不久抵達燕京，與貴國正式簽約了。

我心念北方皇陵與宗廟，眼淚已經流盡，身犯滔天罪行，罪該萬死。之所以不立即追隨先帝於九泉之下，實在是爲了國家之故。經書上說：「竭盡全力輔佐君王，永遠忠於君王。」我在今天，恭敬小心，盡心盡力，完成我爲人臣子的節操，這是我唯一報國之路，希望殿下能明察我的心意！

廉恥

顧炎武

【原文】

《五代史》①〈馮道傳〉論②曰：「『禮、義、廉、恥，國之四維；四維不張，國乃滅亡③。』善乎④管生⑤之能言⑥也！禮、義，治人之大法；廉、恥，立人之大節。蓋不廉則無所不取，不恥⑦則無所不爲。人而如此，則禍敗亂亡，亦無所不至。況爲大臣而無所不取，無所不爲，則天下其有⑧不亂，國家其有不亡者乎？」

然而四者之中，恥尤爲要，故夫子之論士曰：「行己有恥⑨。」孟子曰：「人不可以無恥。無恥之恥，無恥矣⑩。」又曰：「恥之於人大矣！爲機變之巧者，無所用恥焉⑪。」所以然者⑫，人之不廉而至於悖禮犯義⑬，其原皆生於無恥也。故士大夫之無恥，是謂國恥⑭。

吾觀三代⑮以下，世衰道微⑯，棄禮義，捐⑰廉恥，非一朝一夕⑱之故。然而松柏後凋於歲寒⑲，雞鳴不已於風雨⑳，彼眾昏之日㉑，固未嘗無獨醒之人㉒也。

頃讀《顏氏家訓》㉓，有云：「齊朝㉔一士夫㉕，嘗謂吾曰：『我有一兒，年已十七，頗曉書疏㉖。教其鮮卑語㉗及彈琵琶㉘，稍欲通解㉙，以此伏事㉚公卿，無不寵愛。』吾時俯而不答。異哉！此人之教子也！若由此業，自致卿相㉛，亦不願汝曹㉜為之！」嗟呼！之推不得已而仕於亂世㉝，猶為此言，尚有〈小宛〉詩人之意㉞；彼閹然媚於世㉟者，能無愧哉！

【註釋】

①**《五代史》**：《五代史》有二部：一為宋太宗時薛居正等奉敕撰，凡一百五十卷；一為宋仁宗時歐陽修所撰《五代史記》，凡七十五卷。後人稱薛著為《舊五代史》，稱歐陽著為《新五代史》。兩書皆記唐、宋間梁、唐、晉、漢、周五代及同時十國史事。本文所引為《新五代史》。

②**〈馮道傳〉論**：馮道，字可道，五代時景城（今河北交河縣）人。歷事後唐、後晉、後漢、後周四姓十君，皆居高職，自號長樂老。後人以其無節，鄙之。〈馮道傳〉見《新四代史》卷五十四。「論」為修史者評論之詞。

③**禮義廉恥四句**：《管子》〈牧民篇・國頌節〉云：「四維不張，國乃滅亡。」又〈四維節〉云：「國有四維：一曰禮，二曰義，三曰廉，四曰恥。」本文四句，蓋日舉〈牧民篇〉之辭。

④**善乎**：猶言善哉。乎，語助詞。

⑤**管生**：即管仲。《漢書》〈貢禹傳〉：「生有伯夷之廉。」注：「謂先生也。」蓋生即先生之省稱。《史記》稱伏勝爲伏生，稱賈誼爲賈生，皆謂先生也。

⑥**能言**：善於立言說理。

⑦**不恥**：猶言無恥、不知恥。

⑧**天下其有**：其有，猶言豈有。古人稱整個中國爲天下，諸侯爲國，大夫爲家。

⑨**夫子之論士曰：「行己有恥」**：《論語》〈子路篇〉：「子貢問士。子曰：『行己有恥，使於四方，不辱君命，可謂士矣。』」行己有恥，謂己之行事，若有不善，知恥而不爲。

⑩**人不可以無恥三句**：見《孟子》〈盡心篇〉。朱注：「人能恥己之無所恥，是能改行從善之人，終身無復有恥辱之累矣。」

⑪**恥之於人大矣三句**：見〈盡心篇〉。朱注：「恥者，吾所固有羞惡之心也。存之則進於聖賢，失之則入於禽獸，故所繫甚大。爲機械變詐之巧者，所爲之事，皆人所深恥，而彼方且自以爲得計，故無所用其愧恥之心也。」

⑫**所以然者**：然，如此。者，語末助詞。

⑬**悖禮犯義**：悖，違逆。犯，侵害。

⑭**士大夫之無恥，是謂國恥**：士大夫爲有官職、有地位之人物，實際負國家之領導責任。故曰：「士大夫無恥，是謂國恥。」

⑮**三代**：夏、商、周。

⑯**世衰道微**：世風日衰敗，道德日微弱。

⑰**捐**：拋棄。

⑱**一朝一夕**：謂短時間。《易坤文言》：「臣弒其君，子弒其父，非一朝一夕之故，其由來者漸矣。」

⑲**松柏後凋於歲寒**：《論語》〈子罕篇〉：「子曰：『歲寒，然後知松柏之後凋也。』」《何晏集解》曰：「大寒之歲，衆木皆死，然後知松柏小凋傷；平歲則衆木亦有不死者，故須歲寒而後別之。喻凡人處治世亦能自修整，與君子同；在濁世然後知君子之正不苟容。」

⑳**雞鳴不已於風雨**：已，止也。天方曙時，雖風雨晦冥，而報曉雞聲，不因之停止。喻君子雖處亂世，不改其常度也。語本《詩經》〈鄭風．風雨篇〉：「風雨如晦，雞鳴不已。」

㉑**彼衆昏之日**：衆人昏醉之時。《詩經》〈小雅．小宛篇〉：「彼昏不知，壹醉日富。」鄭玄箋云：「童昏無知之人，飲酒一醉，自謂日益富，夸淫自恣，以財驕人。」

㉒**獨醒之人**：《楚辭》〈漁父篇〉：「衆人皆醉，我獨醒。」

㉓**《顏氏家訓》**：南北朝顏之推撰，全書凡二十篇。謙言所撰非敢誨示世人，僅以教訓子弟，故名《顏氏家訓》。此下所引乃〈教子篇〉文。

㉔**齊朝**：指南北朝之北齊。

㉕**士夫**：猶言士大夫。

㉖**書疏**：疏，音同「述」。書疏，猶言書札、書記。

㉗**鮮卑語**：鮮卑爲五胡之一。北朝之拓跋魏，以鮮卑族君臨中國，歷北齊、北周，胡化已深，故當

時漢人，多有無恥之徒，競學胡語，交接胡人，以為獵取富貴之捷徑。觀《北齊書》〈高乾傳〉云：「高祖（即神武帝高歡）每申令三軍，常鮮卑語（常操鮮卑語也）。」又〈孫搴傳〉云：「高祖署為相府主簿，能通鮮卑語，大見賞重。」足以知當時學胡語者之心理。

㉘**琵琶**：胡人樂器。劉熙《釋名》〈釋樂器〉云：「琵琶本出於胡中，馬上所鼓也。」

㉙**稍欲通解**：漸將通達瞭解。

㉚**伏事**：伏與服通用，侍奉之意。

㉛**自致卿相**：自己求得卿相高位。

㉜**汝曹**：猶言汝輩、汝等。指之推子孫。

㉝**之推不得已而仕於亂世**：之推本梁人，遭亂陷齊，出仕非其本志，故《顏氏家訓》〈終制篇〉云：「吾年十九，値梁家喪亂……流離如此，數十年間，絕於還望。……計吾兄弟，不當仕進，但以北方政教嚴切，全無隱退者故也。」觀此足知之推不得已出仕亂朝之苦衷。

㉞**〈小宛〉詩人之意**：〈小宛篇〉序云：「小宛，大夫刺幽王也。」作詩之大夫，譏刺周幽王時政教之失。之推亦斥責當時媚外之漢人，故顧亭林謂其尚有〈小宛〉詩人之意。

㉟**閹然媚於世**：閹然，閉藏掩蓋之貌。媚，博人歡心。《孟子》〈盡心篇〉：「閹然媚於世者，是鄉愿也。」

【作者】

顧炎武，字寧人。本名絳，明亡，改名炎武。學者稱為亭林先生。江蘇崑山人。生於明神宗萬曆四十一年，卒於清康熙二十一年（西元一六一三—一六八二年），年七十。

炎武明季諸生，性耿介絕俗。福王弘光元年乙酉，清兵南下，與吳其沆、歸莊起兵抗清。事敗，其沆死之，炎武與莊脫走。母王氏年六十，絕食卒，遺言後人勿事異姓。炎武陰結遺民，與臺灣鄭成功交通，為漢奸怨家所害，屢瀕於死。晚年往來魯、燕、晉、陝、豫諸省，交接反清志士，勘察山川形勢，民生疾苦。清廷徵博學鴻詞，當道爭欲致之。炎武作書與門人之在京師者，以死自誓，不就徵；又薦修《明史》，亦不肯往。年七十，出遊，卒於山西曲沃縣。無子，門人奉喪歸葬。

炎武才高學博，留心經世之術。凡經義、史學、吏治、財賦、軍事、地理、水利、金石、文字、音韻等，無所不通。其治學精神，謹嚴篤實，為清代樸學之導師。雖遭逢喪亂，終身僕僕道途，而未嘗一日廢學。遊歷所至，以二馬二驢載書自隨。至西北阨塞，東南海陬，必呼老兵退卒，詢其曲折；與平日所聞不合，即發書檢勘。其精勤如此。而畢生心志所注，則在推翻異族統治，發揚民族精神，清末革命鉅子，多受其精神感召，卒能達成推翻滿清、締造中華之目的。

所著有《亭林文集》六卷、《詩集》五卷、《天下郡國利病書》一百二十卷、《肇域志》一百卷、歷代帝王宅《京記》二十卷、《昌平山水記》二卷、《二十一史年表》十卷、《音學五書》等，而以《日知錄》三十二卷，最稱於世。

【題解】

本篇爲說理文（錄自《日知錄》卷十三），說明廉恥與國家民族興衰之關係。蓋廉爲立身之大節，恥爲根心之大德，廉恥淪亡，國族隨之。如影隨形，無或差爽。《宋史》言士大夫忠義之氣，至於五季，變化殆盡，故廉恥掃地，生民塗炭。然後唐明宗，崇尚廉恥，嚴懲貪吏。有權貴犯贓者，左右救之。明宗曰：「食我厚祿，盜我倉儲，蘇秦復生，說我不得。」並戮之，不少寬貸。故在五代中，獨號小康之世，亦可知人心與國勢關係之密切矣。亭林遭亡國之禍，悼風俗之衰，故不覺言之痛切若此也。

【翻譯】

《新五代史》〈馮道傳〉評論說：「『禮、義、廉、恥，是國家的四大綱紀，四大綱紀不能伸張，國家就要滅亡了。』管仲實在是善於立論說理啊！禮、義是治理人民的重要法則；廉、恥是培育人民的重要節操。因爲不廉潔，就沒有什麼不敢拿，不知恥，就沒有什麼事不敢做。一個人如果這樣，那麼禍敗亂亡也就沒有不降臨到他身上了。何況身爲大臣，如果沒有什麼不敢拿，沒有什麼事不敢做，那麼天下怎麼會不亂，國家怎麼會不滅亡呢？」

然而四維中恥特別重要，所以孔子評論讀書人說：「立身行事要有羞恥心。」孟子說：「人不可以沒有羞恥心，如果能將無恥視爲最可恥的事，那麼必能終身遠離恥辱。」孟子又說：「羞恥心對人關係太大了！對那些玩弄機巧變詐的人，羞恥心對他是用不上的！」孔子、孟子這麼說的原因，在於一個人不廉潔，以至於違背禮法、侵害道義，其根源都是由於沒有羞恥心。因此，士大夫沒有羞恥心是國家的恥辱。

我看夏、商、周三代以後，世風頽敗，道德式微，拋棄禮義和廉恥，並不是短時間造成的。可是松柏在歲末冬寒時，依然蒼勁不凋。雖然風狂雨驟，報曉的雞仍不停止啼叫，所以在眾人昏亂迷惑的時日，一定不會沒有獨自清醒的人啊！

最近讀《顏氏家訓》，有段話說：「齊朝有位士大夫，曾對我說：『我有一個兒子，十七歲了，懂一些書信奏章。教他鮮卑話和彈奏琵琶，略微通達瞭解，用這些本事去侍奉王公卿相，沒有不受寵愛的。』我當時低著頭不回答。奇怪啊！這個人竟然這樣教導兒子！如果憑著這些本領，得到卿相的地位，我也不願意你們去做！」唉！顏之推不得已在亂世做官，還能說出這樣的話，尚且存有《詩經》〈小宛〉詩人深自警惕之意；那些遮遮掩掩以博取世人歡心的人，能不慚愧嗎？

左忠毅公軼事

方苞

【原文】

先君子①嘗言，鄉先輩②左忠毅公視學京畿③。一日，風雪嚴寒，從數騎④出，微行⑤，入古寺。廡⑥下一生伏案臥，文方成草⑦。公閱畢，即解貂覆生⑧，爲掩戶，叩⑨之寺僧，則史公可法⑩也。及試，吏呼名，至史公，公瞿然⑪注視。呈卷，即面署第一⑫。召入，使拜夫人⑬，曰：「吾諸兒碌碌⑭，他日繼吾志事⑮，惟此生耳。」

及左公下廠獄⑯，史朝夕窺獄門外。逆閹⑰防伺甚嚴，雖家僕不得近。久之，聞左公被炮烙⑱，旦夕且死，持五十金，涕泣謀於禁卒，卒感焉。一日，使史公更敝衣草屨⑲，背筐，手長鑱⑳，爲除不潔者㉑。引入，微指㉒左公處，則席地倚牆而坐，面額焦爛不可辨，左膝以下，筋骨盡脫矣。史前跪，抱公膝而嗚咽㉓。公辨其聲，而目不可開，乃奮臂以指撥眥㉔，目光如炬㉕。怒曰：「庸奴㉖！此何地也，而汝前來！國家之事，糜爛㉗至此，老夫已矣，汝復輕身而昧大義，天下事誰可支拄㉘者？不速去，無俟姦人構陷㉙，吾今即撲殺汝！」因摸地上刑械，作投擊勢。史噤㉚不敢發聲，趨而出。後常流涕述其事以語人曰：「吾師㉛肺肝，皆鐵石所鑄造也！」

崇禎㉜末，流賊張獻忠㉝出沒蘄、黃、潛、桐㉞間，史公以鳳廬道奉檄守禦㉟，每有警，輒數月不就寢，使將士更休㊱，而自坐幄幕㊲外，擇健卒十人，令二人蹲踞，而背倚之，漏鼓移㊳，則番代㊴。每寒夜起立，振衣裳，甲上冰霜迸落㊵，鏗然有聲。或勸以少休，公曰：「吾上恐負朝廷，下恐愧吾師也。」

史公治兵，往來桐城，必躬造左公第㊶，候太公、太母起居㊷，拜夫人於堂上。

余宗老塗山㊸，左公甥也，與先君子善㊹，謂獄中語乃親得之於史公云。

【註釋】

①**先君子**：猶言先父、先嚴。苞父名仲舒，號逸巢。

②**鄉先輩**：即同鄉前輩。

③**視學京畿**：視學，謂督學政。京畿，即京師近郊。明成祖北遷後，以今北平爲京師。史可法寄籍大興，大興爲順天府治，在京畿之內。左光斗曾任提督直隸（今河北省）學政，故至大興視學。

④**騎**：音同「技」，此謂騎馬之侍從。
⑤**微行**：尊貴者私自出門，不使人知。
⑥**廡**：音同「五」。正堂兩側廂房。
⑦**文方成草**：所爲文初成草稿。
⑧**解貂覆生**：脫所披貂裘，覆蓋於此生身上。恐其熟睡受寒，善其文，故愛之至也。貂，音同「刁」，鼠類，產於北寒帶，毛長寸許，色黃或紫黑，皮輕暖，可製裘。
⑨**叩**：問也。
⑩**史公可法**：史可法，字憲之，一字道鄰，明祥符（今河南省開封市）人。崇禎進士。官僉都御史，巡撫皖豫等地，攻剿流寇有功，拜南京兵部尚書。弘光時，加武英殿大學士，督師揚州。清兵南下，揚州陷，遂殉國。
⑪**瞿然**：驚視貌。瞿，音同「巨」。
⑫**面署第一**：當面簽署第一名。署，簽署。
⑬**夫人**：此指光斗之繼配戴氏，名君祐，桐城人，有賢名。崇禎元年，曾攜子入京，上書爲夫訟冤。
⑭**碌碌**：平庸。
⑮**志事**：志向及事業。《禮記》〈中庸〉：「夫孝者，善繼人之志，善述人之事者也。」
⑯**左公下廠獄**：明有東廠、西廠，掌理緝訪謀逆等事，皆由宦官主持。武宗時，劉瑾當權，又設內行廠。謹伏誅後，僅存東廠。天啓時，由魏忠賢掌管獄事。左光斗、楊漣密奏彈劾魏忠賢，爲忠賢探知，因加罪於漣及光斗，繫捕入獄，用酷刑迫害至死。

⑰**逆閹**：閹爲宦官之通稱，以其謀逆，故曰逆閹。此指魏忠賢及其黨羽。

⑱**左公被炮烙**：炮烙，用燒紅鐵器灼燙身體之酷刑。炮，音同「袍」。據明黃煜《碧血錄》載：楊左諸公被誣收受邊將熊廷弼之賄賂，每日廷杖一百；一烙或至數十烙，皮肉焦爛，慘不忍睹。

⑲**更敝衣草屨**：謂更換破衣草鞋。屨，音同「巨」。

⑳**手長鑱**：手持拾垃圾、破紙之長柄鉤鑱。手，作動詞，執持也。鑱，音同「禪」。

㉑**為除不潔者**：化裝爲清除穢物之工役。

㉒**微指**：暗指。

㉓**嗚咽**：悲泣。咽，音同「夜」。

㉔**眥**：音同「字」，眼眶。

㉕**如炬**：形容目光明亮。炬，音同「巨」，火把。

㉖**庸奴**：怒罵之辭，猶言蠢材。

㉗**糜爛**：如粥之爛，言敗壞不可收拾。糜，粥也。爛，過熟也。

㉘**支拄**：猶言支持。拄，音同「主」。

㉙**構陷**：謂設計陷入於罪。

㉚**噤**：音同「近」，閉口。

㉛**吾師**：科舉時代，應試中式者稱試官爲老師，自稱爲門生。可法爲光斗督學時所取士，故稱吾師。

㉜**崇禎**：明思宗年號。

㉝**流賊張獻忠**：聚衆擄掠，轉徙無定，謂之流賊，或流寇。張獻忠，明延安衛（今陝西省延安縣）

人。與李自成等，並起爲寇。據陝西、河南，陷成都，自稱大西國王，所過屠殺，慘無人道，後爲清兵所殺。

㉞**蘄黃潛桐**：蘄，音同「其」，今湖北省蘄春、浠水二縣地。黃，今湖北省黃岡縣。潛，今安徽省潛山縣。桐，今安徽省桐城縣。

㉟**以鳳廬道奉檄守禦**：鳳廬道，即鳳陽、廬江二府之兵備道。明有分巡道、兵備道等官，巡察州府之民事爲分巡道，掌理州府之兵備爲兵備道。奉檄，猶言奉令。檄，音同「昔」，古時官府用以徵召曉諭之公文。

㊱**更休**：輪番休息。

㊲**幄幕**：帳幕。

㊳**漏鼓移**：謂每過一鼓時辰。漏，更漏；鼓，更鼓；皆爲報時之器。古時一夜分五更，或謂五鼓。

㊴**番代**：更番替代。番，次也。

㊵**迸落**：跳落。迸，音同「蹦」。

㊶**躬造左公第**：親自到左公府第。第，住宅。

㊷**候太公太母起居**：太公、太母，指左忠毅公之父母。候起居，問候生活起居之情形，猶言請安。

㊸**宗老塗山**：宗老，同族中之尊長。塗山，名文，字爾止。順治時，隱居江寧，爲方苞之族祖，有《塗山集》。

㊹**善**：友好。

【作者】

方苞，字鳳九，號靈皋，晚號望溪，安徽桐城人。清康熙七年生，乾隆十四年卒（西元一六六八—一七四九年），年八十二。

苞年三十二，舉鄉試第一。逾七年，成進士，聞母病，未及廷試，遽歸。同邑戴名世《南山集》之獄，以集序列苞名，牽連下獄，論死。清聖祖特旨免治，曰：「方苞學問，天下莫不聞。」命隸籍漢軍，以白衣入值南書房；繼而充武英殿修書總裁。世宗即位，赦還原籍，授侍讀學士，歷官至禮部侍郎。苞嘗自言立身處世之道曰：「學行繼程、朱之後，文章在韓、歐之間。」所爲文謹嚴雅潔，以經義爲宗。尤精古文義法，世推爲桐城派之祖。著有《望溪文集》、《春秋通論》等書。

【題解】

本篇爲作者記其父所言左忠毅公行誼，以其爲史傳失載之事，故謂之軼事。軼者，失也。左忠毅公，即左光斗，字遺直，明桐城人。萬曆進士，授御史職。天啓間與楊漣協力排斥宦官，爲魏忠賢所構陷，與楊漣同死獄中。崇禎初，追贈太子少保，諡忠毅。

文分五段：首段記左公知人之明與愛士之切。次段記史公冒死探獄，及左公之烈行苦心。三段記史公以身許國之精神，實受左公感召；寫史公，即寫左公也。四段記史公篤厚師門。末段敘明所記確有根據。此文寫出師弟間之眞愛，由個人情感，凝結爲愛國家、愛民族之情感；鐵石肺肝，冰霜節操，皆由此至情所鑄成者也。

【翻譯】

先父曾經說過，同鄉前輩左光斗先生擔任直隸學政時到大興視察。一個寒冷的風雪天，他率領幾個騎馬的侍從出門，私自巡訪，進入一座古老的寺廟。發現廂房下有一個學生趴在桌上睡著了，文章剛完成草稿。左公看完了，就脫下身上的貂皮大衣，蓋在這個學生身上，並替他關上門，然後詢問寺裏僧人這個學生是誰，原來就是史公可法啊。等到考試那天，官吏一一唱考生名，唱到史可法之名時，左公凝目注視著他。史可法完卷呈上，左公就當面簽署第一名；並請史公到家中，讓他拜見左夫人，並對夫人說：「我幾個兒子都平庸，將來能夠繼承我的志向事業，只有這個學生吧！」

等到左公被關進東廠監獄，史公早晚都到監獄門外窺探消息，魏忠賢防範得十分嚴密，就算左公的家僕也無法接近。過了許久，聽說左公被處以燒紅鐵器灼燙身體的酷刑，性命危殆，於是史公拿了五十兩銀，哭著懇求獄卒設法，獄卒被師生情重感動了。有一天，讓史公換上破衣草鞋，背著籮筐，拿著拾垃圾的長柄鏟子，化裝成清除穢物的工人，引導他進入牢裏，暗指左公所在之處，就看到左公靠牆坐在地上，面孔焦黑潰爛無法辨識，左膝蓋以下，筋骨完全脫落了。史可法向前跪下，抱住左公膝蓋哭泣起來。左公認出他的聲音，但眼睛卻張不開，於是用力舉起手臂，用手指撥開眼眶，露出明亮如火炬的目光，生氣地說：「蠢材，這是什麼地方啊！而你竟敢前來！國家大事敗壞到這般地步，我已無能爲力，你輕視自己的生命，不顧國家大義，天下大事誰可能支撐呢？你不快快離去，不必等到壞人設計陷害，我現在就擊殺了你！」就摸索抓起地上刑具，做出投擲攻擊的姿勢。史可法閉口不敢出聲，快步離去。他後來常流著淚告訴別人這件事：「我老師的心腸，堅硬得宛如鐵石鑄造一般！」

明思宗崇禎末年，流寇張獻忠在湖北蘄春、黃岡，安徽潛山、桐城一帶出沒，史公當時是鳳陽、廬江二府兵備道，奉命防守抵禦，每當有流寇警訊時，他往往幾個月不上床睡覺，他讓將士們輪番休息，自己卻坐在帳幕外，挑選十個強健士兵，命令兩人一組蹲坐著，背靠著背休息，每過一個時辰，就輪番替代。每每在寒冷的夜裏站起身來，振動衣裳，鎧甲上結凍的冰霜紛紛散落，發出響亮的聲音。有人勸他稍做休息，史公說：

「我對上恐怕辜負朝廷，對下恐怕愧對我的老師啊！」

史公帶兵打仗，途經桐城時，一定親自前往左公府第，問候左公父母生活起居，並在廳堂上拜見左公夫人。

我的族祖方公塗山，是左公的外甥，和先父交情甚好，他說監獄中的這一段話是親耳聽見史公說的。

爲學一首示子姪

彭端淑

【原文】

天下事有難易乎？爲之，則難者亦易矣；不爲，則易者亦難矣。人之爲學有難易乎？學之，則難者亦易矣；不學，則易者亦難矣。

吾資之昏①，不逮人也；吾材之庸②，不逮人也。旦旦③而學之，久而不怠焉；迄乎成④，而亦不知其昏與庸也。吾資之聰，倍人⑤也；吾材之敏⑥，倍人也。屏棄⑦而不用，其昏與庸無以異也⑧。然則昏庸聰敏之用，豈有常⑨哉？

蜀⑩之鄙有二僧，其一貧，其一富。貧者語⑪於富者曰：「吾欲之南海⑫，何如？」富者曰：「子何恃⑬而往？」曰：「吾一瓶一缽足矣⑭。」富者曰：「吾數年來欲買舟⑮而下，猶未能也。子何恃而往？」越⑯明年，貧者自南海還，以告富者，富者有慚色⑰。西蜀之去南海，不知幾千里也，僧之富者不能至，而貧者至焉。人之立志，顧⑱不如蜀鄙之僧哉？

是故聰與敏，可恃而不可恃也。自恃其聰與敏而不學，自敗者也。昏與庸，可限而不可限也。不自限其昏與庸而力學不倦，自立者也。

【註釋】

①**吾資之昏**：我的資質愚昧。
②**吾材之庸**：我的才能平庸。
③**旦旦**：天天。
④**迄乎成**：到了有成就的時候。迄，音同「企」，到的意思。乎，同「於」。
⑤**倍人**：勝過別人一倍。
⑥**敏**：靈敏，是說遇事能夠很快地做好。
⑦**屏棄**：屛，音同「丙」，排除的意思。屛棄，拋棄。
⑧**其昏與庸無以異也**：他那愚昧和平庸的情形，跟別人也就沒有什麼不同了。
⑨**常**：指不變的道理。
⑩**蜀**：古代國名，是現在的四川省。
⑪**語**：音同「玉」，告訴。

⑫**南海**：是指浙江省定海縣東面的海，其中有普陀山。相傳觀音菩薩曾在這裏說法，是我國佛教聖地。

⑬**何恃**：憑什麼。恃，音同「士」、憑仗、依靠的意思。

⑭**吾一瓶一缽足矣**：瓶，指裝水的用具。缽，音同「玻」，是和尚盛飯的器具。這句是說：我祇要一隻瓶、一個缽就夠了。意思是沿途化緣，步行前往。

⑮**買舟**：雇船。

⑯**越**：過了。

⑰**慚色**：羞愧的樣子。

⑱**顧**：本是回頭看的意思，引申作「反而」講。

【作者】

彭端淑，字儀一，號樂齋，清四川省丹稜縣人。雍正年間進士，晚年曾在成都錦江書院講學。著有《白鶴堂詩稿》、《白鶴堂文稿》。

【題解】

這一篇是從《白鶴堂文稿》裏選錄出來的。作者對子姪們談做學問的道理。他認爲人不論資質高下，都應該力學不倦，以求自立。

【翻譯】

天下的事情有困難和容易的區別嗎？只要肯做，那麼困難的事也變得容易了；如果不做，那麼容易的事也變得困難了。人們做學問有困難和容易的區別嗎？只要肯學，那麼困難的學問也變得容易了；如果不學，那麼容易的學問也變得困難了。

我資質愚笨，趕不上別人；我才能平庸，趕不上別人。我每天學習，持久而不懈怠，等到有成就了，也就不知道自己愚笨與平庸了。我天資聰明，超過別人；能力也超過別人，拋棄不學習，那麼我的愚昧和平庸跟別人也就沒有什麼不同了。如此看來，聰明愚笨那裏是一成不變的呢？

四川邊境有兩個和尚，其中一個貧窮，另一個富裕。窮和尚對富和尚說：「我要去南海，你看怎麼樣？」富和尚說：「你憑藉什麼去呢？」窮和尚說：「我只需要一個盛水的水瓶，一個盛飯的飯碗就夠了。」富和尚說：「我幾年來想雇船沿江而下，尚且沒有成功，你憑藉什麼去？」第三年，窮和尚從南海回來了，把到過南海這件事告訴富和尚，富和尚露出慚愧的神色。四川距離南海，不知有幾千里路，富和尚不能到達，可是窮和尚到達了。一個人立志求學，難道還不如四川邊境的窮和尚嗎？

所以，聰明與敏捷，可以依靠但也不可以依靠；自己依靠著聰明與敏捷而不努力學習，是自己毀了自己。愚笨和平庸，可以限制又不可以限制；不被自己的愚笨平庸所局限，而努力不倦地學習，是靠自己努力學成的。

祭妹文

袁枚

【原文】

乾隆丁亥①冬，葬三妹素文②於上元③之羊山而奠④以文曰：

嗚呼！汝生於浙⑤而葬於斯，離吾鄉七百里矣！當時雖觭夢⑥幻想，寧知此爲歸骨所⑦耶？

汝以一念之貞⑧，遇人仳離⑨，致孤危託落⑩；雖命之所存，天實爲之。然而累汝至此者，未嘗非予之過也。予幼從先生授經⑪，汝差肩⑫而坐，愛聽古人節義事，一旦長成，遽躬蹈之。嗚呼！使汝不識詩書，或未必艱貞若是。

余捉蟋蟀，汝奮臂⑬出其間；歲寒蟲僵⑭，同臨其穴⑮。今予殮汝葬汝，而當日之情形，憬然赴目⑯。予九歲，憩書齋，汝梳雙髻，披單縑⑰來，溫〈緇衣〉⑱一章。適先生奓戶⑲入，聞兩童子音琅琅⑳然，不覺莞爾㉑，連呼則則㉒。此七月望日㉓事也，汝在九原㉔，當分明記之。予弱冠粵行㉕，汝掎㉖裳悲慟。逾三年，予披宮錦㉗還家，汝從東廂扶案出，一家瞠視㉘而笑，不記語從何起，大概說長安登科㉙，函使報信遲早云爾。凡此瑣瑣㉚，雖爲陳迹㉛，然我一日未死，則一日不能忘。舊事塡膺㉜，思之悽梗㉝，如影歷歷㉞，逼取便逝。悔當時不將嫛婗㉟情狀，羅縷㊱記存；然而汝已不在人間，則雖年光倒流，兒時可再，而亦無與爲證印者矣！

汝之義絕高氏而歸也，堂上阿嬭㊲，仗汝扶持；家中文墨，眣㊳汝辦治。嘗謂女流中最少明經義㊴、諳雅故㊵者。汝嫂㊶非不婉嫕㊷，而於此微缺然。故自汝歸後，雖爲汝悲，實爲予喜。予又長汝四歲，或人間長者先亡，可將身後託汝；而不謂汝之先予以去也！

前年予病，汝終宵刺探㊸，減一分則喜，增一分則憂。後雖小差㊹，猶尚殗殜㊺，無所娛遣。汝來牀前，爲說稗官野史㊻可喜可愕之事，聊資一懽。嗚呼！今而後吾將再病，教從何處呼汝耶？

汝之疾也，予信醫言無害，遠弔揚州㊼。汝又慮戚吾心，阻人走報。及至緜惙㊽已極，阿嬭問：「望兄歸否」，強應曰：「諾已㊾。」予先一日夢汝來訣㊿，心知不祥，飛舟渡江，果予以未時還家，而汝以辰時氣絕；四支猶溫，一目未瞑51，蓋猶忍死待予也。嗚呼痛哉！早知訣汝，則予豈肯遠遊？即遊，亦尚有幾許心中言，要汝知聞，共汝籌畫也。而今已矣！除吾死外，當無見期。吾又不知何日死，可以見汝；而死後之有知無知，與得見不得見，又卒難明也。然則抱此無涯之憾，天乎！人乎！而竟已乎！

汝之詩，吾已付梓[52]；汝之女[53]，吾已代嫁；汝之生平，吾已作傳[54]；惟汝之窀穸[55]，尚未謀耳。先塋[56]在杭，江廣河深，勢難歸葬，故請母命而寧汝於斯，便祭掃也。其旁葬汝女阿印[57]；其下兩冢：一爲阿爺侍者[58]朱氏，一爲阿兄侍者陶氏[59]。羊山曠渺[60]，南望原隰[61]，西望棲霞[62]，風雨晨昏，羈魂有伴，當不孤寂。所憐者，吾自戊寅年讀汝哭侄詩[63]後，至今無男，兩女牙牙[64]，生汝死後，纔周晬[65]耳。予雖親在，未敢言老[66]，而齒危髮禿，暗裏自知，知在人間，尚復幾日！阿品[67]遠官河南，亦無子女，九族[68]無可繼[69]者。汝死我葬，我死誰埋？汝倘有靈，可能告我？

嗚呼！生前既不可想，身後又不可知，哭汝，既不聞汝言；奠汝，又不見汝食。紙灰[70]飛揚，朔風野大，阿兄歸矣，猶屢屢回頭望汝也。嗚呼哀哉！嗚呼哀哉！

【註釋】

①**乾隆丁亥**：乾隆，清高宗年號；丁亥爲乾隆三十二年。

②**素文**：名機，幼即許配如皋高氏子。後高氏因其子無行，託病辭婚，而素文執不可，竟適高氏。高子性戾躁佻險，索奩具供狎邪費，不得則虐待之。復欲鬻之以償賭債。素文父怒，訟之官，絕婚而歸，長齋侍母，鬱鬱以終，年四十。

③**上元**：江蘇省縣名，民國併入江寧縣（今南京市）。

④**奠**：置祭也。《說文》段注：「置祭者，置酒食而祭也。」

⑤**生於浙**：袁爲浙江錢塘人，故云。

⑥**觭夢**：觭，音同「肌」。觭夢二字，見《周禮》〈春官・太卜〉。觭與奇通，觭夢，奇異之夢。

⑦**歸骨所**：葬身之所。

⑧**一念之貞**：貞有堅定之意，謂素文重視婚約，意志堅定，竟嫁高氏。

⑨**遇人仳離**：仳，音同「匹」，別也。《詩經》〈王風〉：「有女仳離。」謂遇人不淑而見棄別離也。

⑩**託落**：亦作拓落，不得意也。

⑪**受經**：受讀經書。

⑫**差肩**：差，音同「疵」，相次也。差肩猶言比肩。

⑬**奮臂**：猶言舉臂。

⑭**僵**：音同「江」，謂不活動，如凍僵、僵臥。此處謂蟲死，與殭通。

⑮**同臨其穴**：謂蟲死，同往葬之於穴。

⑯**憬然赴目**：憬，覺悟也。赴目，猶言在目，謂似覺當日之情在眼前也。

⑰**單縑**：單薄絹衣。

⑱**緇衣**：《詩經》〈鄭風〉篇名。

⑲**奓戶**：奓，音同「扎」，又音同「社」，開也。戶，門之單扇者。《莊子》〈知北遊〉：「日中奓戶而入。」

⑳**琅琅**：讀書聲，琅，音同「郎」。

㉑**莞爾**：微笑貌，莞，音同「宛」。《論語》〈陽貨〉：「夫子莞爾而笑曰。」

㉒**則則**：猶云嘖嘖，讚歎聲也。

㉓**望日**：陰曆每月十五日謂之望日。

㉔**九原**：猶言九泉、地下。春秋晉國卿大夫之墓地在九原，後世因謂墓爲九原。

㉕**弱冠粵行**：男子年二十曰弱冠。袁枚二十一歲，往廣西省視其叔父。

㉖**掎**：音同「己」，從後牽引也。

㉗**披宮錦**：唐進士及第，披宮錦袍，後遂稱登進士第曰披宮錦。袁枚於乾隆四年中進士，時年二十四。

㉘**瞠視**：瞠，音同「撐」，睜眼直視。
㉙**長安登科**：登科謂中進士。長安歷代建都最久，故用作京師通稱，此指北京。
㉚**瑣瑣**：細碎之事；瑣，細小也。
㉛**陳迹**：過去之事迹。
㉜**填膺**：膺，胸也，謂充塞胸懷。
㉝**淒梗**：淒楚之情梗於胸中。
㉞**歷歷**：分明。
㉟**嫛婗**：嫛，音同「衣」，婗，音同「妮」，嬰兒也。《釋名》〈釋長幼〉：「人始生曰嬰兒，或曰嫛婗。」此指幼時。
㊱**羅縷**：詳細。
㊲**阿嬭**：嬭，音同「乃」。《博雅》：「嬭，母也；楚人呼母曰嬭。」袁母姓章。
㊳眣：音同「順」，與瞬通，以目示意也。
㊴**明經義**：明曉經書之意義。
㊵**諳雅故**：熟悉典故。《漢書》〈敘傳〉：「函雅故，通古今。」注：「雅故，謂雅訓之故。」
㊶**汝嫂**：謂袁枚妻王氏。
㊷**婉嫕**：柔順也，嫕，音同「亦」。
㊸**刺探**：刺，音同「次」，打聽消息。
㊹**小差**：差，音同「衩」，病除也。《三國志》：「疾小差。」小差，稍癒。

㊺**殗殜**：殗，音同「夜」；殜，音同「夜」，病半臥半起也。

㊻**稗官野史**：稗，音同「拜」。《漢書》〈藝文志〉：「小說家者流蓋出於稗官。」如淳注：「王者欲知閭巷風俗，故立稗官，史稱說之。」師古注：「稗官，小官。」今因謂小說曰稗官。野史，私家之記載也，別於正史，故曰野史。

㊼**遠弔揚州**：謂遠赴揚州弔喪。揚州今江蘇省江都縣。

㊽**䋿惙**：病危也，惙，音同「輟」。

㊾**諾已**：《春秋公羊傳》僖元年：「此悉斯之聲也，諾已。」諾已，猶今言休矣、完了。謂自知不起，不及見兄也。

㊿**夢汝來訣**：訣，別也；又與死者辭曰訣。枚〈哭妹詩〉：「魂孤通夢遠，江闊送終遲。」自注：「得信前一夕，夢與妹如平生懽。」

(51)**瞑**：音同「明」，人死閉目曰瞑。

(52)**付梓**：付印。治木器曰梓，從前印書刻字於木板，故曰付梓。素文遺詩附刻《小倉山房全集》。

(53)**汝之女**：素文女名阿印，病啞，一切人事器物，不能言而能書，指形摹意，皆出於母教也。

(54)**吾已作傳**：枚所作〈女弟素文傳〉，見《小倉山房文集》卷七。

(55)**窀穸**：墓穴，窀穸，音同「諄夕」。

(56)**先塋**：祖先墳墓。

(57)**其旁葬汝女阿印**：上文云已代嫁，而此云葬者，或係已嫁而死，故附葬母旁。

(58)**阿爺侍者**：謂枚父之妾。

⑲**阿兄侍者陶氏**：枚妾陶氏，亳州人，工棋善繡，枚有〈哭陶姬〉詩，序中極言其慧。
⑳**曠渺**：空曠遼闊。
㉑**原隰**：高平日原；下濕日隰。
㉒**棲霞**：山名，在江寧縣東北。
㉓**戊寅年讀汝哭姪詩**：戊寅爲乾隆二十三年，袁枚妾陸氏生子夭折，素文遺稿有〈阿兄得子不舉〉詩。
㉔**牙牙**：小兒學語聲。
㉕**周晬**：晬，音同「醉」，小兒生一周歲日周晬。
㉖**親在未敢言老**：《禮記》：「父母在，不稱老。」袁枚時年五十二歲，父母尚存。
㉗**阿品**：枚弟，名樹，字香亭，小名阿品，枚叔父鴻之子，時官河南正陽知縣。
㉘**九族**：直系親自本身上推而父、祖、曾、高，再自本身下推子、孫、曾、玄，謂之九族。
㉙**繼**：繼承。
㉚**紙灰**：舊俗喪祭焚紙錢，故有紙灰。

【作者】

袁枚，字子才，號簡齋，清浙江錢塘（今杭縣）人。生於康熙五十五年，卒於嘉慶二年（西元一七一六——一七九七年）。年八十二。

枚二十四歲中進士，官翰林院庶吉士，散館改知縣，歷任溧水、江浦、沭陽、江寧等縣，勤政愛民，事無不舉。聽訟神明，江寧市人至以所判事作歌曲刊行四方。年三十八即休官養親，絕意仕進，築隨園於江寧之小倉山，以著書吟詠自娛，時稱隨園先生。四方之士至江南，必造隨園投詩文，幾無虛日。喜稱人善，後進少年詩文一言之美，必能舉其詞為人誦之。

枚所為詩文，天才橫逸，詩主性靈，尤能縱才力所至，清新眞摯，自成一家，世多效其體，故隨園詩文集風行於天下。著有《小倉山房詩文集》、《隨園詩話》、《隨園隨筆》等。

【題解】

本篇為哀祭文，袁枚於葬妹素文時所作。祭文以表達哀悼之情為主，故亦為抒情文，其體裁有韻語，有散文。用韻語者，取其便於宜讀；用散文者，以其可暢所欲言，愈質樸愈見眞切。如韓愈〈祭十二郎文〉，說者謂為一字一淚，令人不忍卒讀。蓋至親無文，不假雕飾，故用散文更相宜也。此篇亦為散體祭文之上品，歷敘其妹自幼至長、自嫁而歸、自歸而死之情景，愈見生離死別之痛。中間回憶童年舊事，瑣瑣寫來，尤淒婉動人，最得歸有光之風神。

【翻譯】

乾隆丁亥年冬天，埋葬三妹素文在上元縣的羊山，並用這篇文章來祭奠她：

唉！妳生在浙江卻葬在這裏，離開我們家鄉有七百里遠！當時雖然有過奇夢幻想，哪裏會知道這裏就是安葬你屍骨的地方啊！

妳因爲一心堅守婚約，遇人不淑而被遺棄，落到孤獨失意的境地；雖然這是命中註定，實在也是上天的安排，但是連累妳到這種地步，未嘗不是我的過錯啊！我小時候聽從老師誦讀四書五經，妳和我並肩坐在一起，愛聽那些古人的節義故事；一旦長大成人，妳立即親身實踐。唉！要是妳不懂得經書，也許未必會像這樣苦守貞潔。

我捉蟋蟀，妳緊跟我捋袖伸臂，搶著捕捉；寒冬蟋蟀死了，妳又跟我一起挖穴埋葬牠們。今天我收殮妳的大體，埋葬妳，當年的種種情景，一一清晰地呈現在眼前。我九歲時，在書房裏休息，妳梳著兩個髮髻，披了件薄薄的絹衣進來，共同溫習《詩經》中的〈緇衣〉這一章。剛好老師開門進來，聽到兩個孩子琅琅的讀書聲，不禁微笑著，連聲讚歎。這是七月十五日的事情。妳在九泉之下，一定還清楚地記得。我二十歲去廣西，妳牽住我的衣裳，悲傷痛哭。過了三年，我考中進士，衣錦還鄉，妳從東廂房扶著長桌出來，一家人瞪著眼相視而笑，記不得當時話是哪裏說起，大概是說了些在京城考進士的經過情況，及報信人來得快慢等等的吧！所有這些瑣碎的事，雖然已經成爲過去，但只要我一天不死，就一天不能忘記。往事充塞著我的胸懷，想起來，心頭悲切得像被堵塞似的。它們像影子一樣非常清晰分明，但眞要靠近它、捉住它，卻又不見了。我後悔當時沒把這些兒時情況一一記載下來；而今妳已不在人間了，那麼即使時光可以倒流，兒時可以重來，也沒有人能和我印證這些了。

你和高氏離婚回娘家，家中老母，仰仗妳服侍；家中文書，依靠妳辦理。我曾經以爲婦女輩少有明白經書義理、熟識古代文物典故的人。妳嫂嫂並非不夠溫柔和順，但在這方面稍有不足。所以自從妳回家後，雖然我爲妳悲傷，對我而言卻很高興。我又比妳年長四歲，以爲人間年長者先死，就可以將身後事託付給妳；卻沒想到妳比我先離開人世！

前些年我生病，妳整晚都來探聽病情，減輕一分就高興，加重一分就擔憂。後來病情稍有好轉，但仍半臥半起，沒什麼娛樂消遣。妳來到床前，講一些小說野史裏可喜可驚的故事，給我帶來一些歡樂。唉！從今以後，我如果再有病痛，叫我去哪裏呼喚妳呢？

妳的病，我相信醫師的話以爲不要緊，所以才遠赴揚州弔喪。妳又怕我心中憂慮，不讓人給我報信。直到病重垂危時，母親問妳：「盼望哥哥回來嗎？」妳才勉強回答：「來不及了。」就在妳死前一日，我夢見妳來訣別，心知這是不吉祥的，急忙飛舟渡江趕回家。果然，我在未時到家，而妳已在辰時斷了氣，四肢還有餘溫，一隻眼睛尙未緊閉，大概還忍著死等著我回來吧！唉！痛心啊！早知要和妳訣別，我怎麼肯遠行呢？即使遠行，也還有些心中的話要讓妳知道，和妳一起商量。如今完了，除非我死，否則沒有相見的日子。可是我又不知道哪一天死，才可以見到妳；而死後究竟有無知覺，以及能不能相見，終究是難以明白的啊！如果如此，那麼我將終身抱著無窮的遺憾了，是天意呢？還是人爲呢？竟然就這樣結束了嗎？

妳的詩我已付印；妳的女兒，我已代妳作主將她嫁人了；妳的生平，我已寫了傳記；只有妳的墓穴還沒有安排好。祖墳在杭州，江廣河深，勢難將妳歸葬，所以請示母親，把妳安葬在這裏，以便祭奠掃墓。妳的墓旁，葬著妳的女兒阿印，下面還有兩個墳墓，一個是父親的侍妾朱氏，一個是我的侍妾陶氏。羊山空曠遼闊，向南是一片平原，向西是棲霞山；風雨晨昏時，遊魂有了伴侶，妳應當不會孤寂的。可憐的是，我自從戊寅年讀妳的哭侄詩後，至今沒有兒子；兩個牙牙學語的女兒，在妳死後出生，才只有一週歲。我雖然母親健在，不敢自稱年邁，但齒牙動搖，頭髮已禿，自己心裏知道，在這人世間還能活幾天呢？阿品遠在河南爲官，也沒有子女，我家九族之內沒有可傳宗接代的人。妳死有我安葬，我死後由誰來埋葬呢？妳如果死後有靈的話，能不能告訴我？

唉！生前的事既不敢回想，死後的事也無法知道，哭妳既聽不到妳回話，祭妳又看不到妳來享用。紙灰飛揚，北風猛烈地吹著，我要回去了！還不斷回頭看妳。唉！傷心啊！傷心啊！

兒時記趣

沈復

【原文】

余憶童稚時，能張目對日，明察秋毫①。見藐小微物，必細察其紋理，故時有物外②之趣。

夏蚊成雷③，私擬④作群鶴舞空，心之所向⑤，則或千或百，果然鶴也；昂首⑥觀之，項爲之強⑦。又留蚊於素帳中，徐噴以煙，使之沖煙飛鳴，作青雲白鶴觀；果如鶴唳⑧雲端，爲之怡然⑨稱快。

又常於土牆凹凸處、花臺小草叢雜處，蹲其身，使與臺齊；定神細視，以叢草爲林，蟲蟻爲獸；以土礫凸者爲丘，凹者爲壑⑩，神遊其中，怡然自得。

一日，見二蟲鬥草間，觀之，興正濃，忽有龐然大物，拔山倒樹而來，蓋一癩蝦蟆也。舌一吐，而二蟲盡爲所吞。余年幼，方出神，不覺呀然⑪驚恐。神定，捉蝦蟆，鞭⑫數十，驅之別院。

【註釋】

①**秋毫**：鳥獸到秋天新生的細毛。用來比擬極微小的東西。
②**物外**：通常指世俗以外，這裏也指物體本身以外。
③**夏蚊成雷**：夏天蚊子成群地飛鳴，嗡嗡的聲音像雷鳴一樣。
④**私擬**：私自比擬。
⑤**心之所向**：向，是往的意思。心之所向，是說內心所想到的。
⑥**昂首**：檯頭。
⑦**項為之強**：脖子因此僵硬了。爲，音同「位」，因爲；之，此。強，音同「匠」，是僵硬的意思。
⑧**鶴唳**：唳，音同「力」。鶴唳，鶴鳴。
⑨**怡然**：喜悅的樣子。
⑩**壑**：音同「或」，坑、山谷。
⑪**呀然**：吃驚的樣子。
⑫**鞭**：鞭打。

【作者】

沈復，字三白，清蘇州（今江蘇省吳縣）人。生於乾隆二十八年（西元一七六三），卒年不詳，大約在嘉慶十二年（西元一八〇七）以後。著有《浮生六記》。

【題解】

這一篇是從《浮生六記》的〈閒情記趣〉裏節選出來的。作者記敘他小時運用豐富的想像力，在一些平凡無奇的事物當中，得到生活的樂趣。

【翻譯】

我回想小時候，能夠睜大眼睛看太陽，還能把極細小的東西看得很清楚。看見微細的小東西，必定仔細察看它的條紋理路，所以常常發現物體本身以外的趣味。

夏天蚊子成群地飛鳴，嗡嗡聲像雷鳴似的，我私自把牠們比擬作一群鶴鳥在天空飛舞。內心所想像到的，不管是千隻百隻蚊子，果然都變成鶴鳥了。我抬頭看著牠們，常常看得脖子因此而僵硬了。有一次把蚊子留在白色的蚊帳中，用煙慢慢地噴燻，使牠們在煙霧中衝撞，邊飛邊叫，我把牠們當作天上的青雲白鶴來看；果然就像鶴鳥在雲端鳴叫，我因此非常高興愉快。

又常在土牆高低不平的地方，花臺邊小草叢生的地方，蹲下身體，使我的身子跟花臺一樣高；專注地仔細觀看，把叢生的雜草當做成群的樹林，把昆蟲螞蟻當做走獸；把高起的土石當做山丘，把低窪的地方當做溪壑；我神遊山谷之中，眞是又高興又得意。

有一天，看見二隻蟲子在草叢間相鬥，看得興味正濃厚的時候，忽然有一隻巨大的動物，以推倒山、拔起樹的氣勢出現了，原來是一隻癩蝦蟆。只見牠舌頭一吐，二隻蟲子就都被牠吞食了。我年紀小，又正看得出神，不由得大吃一驚。等神情安定後，捉住癩蝦蟆，鞭打了牠數十下，然後把牠趕到別的院子去了。

國家圖書館出版品預行編目（CIP）資料

文言文基本讀本 / 孫文學校編著. -- 初版. --
臺北市：孫文學校, 2020.02
冊；　公分

ISBN 978-986-97019-7-6 (上冊：平裝). --
ISBN 978-986-97019-8-3 (下冊：平裝)

1.文言文 2.讀本

802.82　　108018263

文言文基本讀本(下冊)

編 著 者 / 孫文學校
出 版 者 / 孫文學校
發 行 人 / 張亞中
總 校 閱 / 李素真
執行編輯 / 閻富萍
地　　址 / 台北市萬芳路 60-19 號 6 樓
電　　話 / (02)26647780
傳　　真 / (02)26647633
E - mail / service@ycrc.com.tw
網　　址 / www.ycrc.com.tw
ISBN / 978-986-97019-8-3
初版一刷 / 2020 年 2 月
定　　價 / 新台幣 280 元